SAS

SAUVE-QUI-PEUT À KABOUL

VOLUME II

ABONNEMENTS – RÉABONNEMENTS 2013

Je souhaite m'abonner aux collections suivantes
Merci de préciser le numéro à partir duquel vous le souhaitez

☐ **SAS du N°...**
1 an — 4 numéros 44,00 €

frais de port (par vol = 1,70 €) **et remise 5 % inclus** dans ces tarifs
port Europe (par vol = 3,50 €)

TOTAL =..€

PAIEMENT PAR CHÈQUE À
EDITIONS GÉRARD DE VILLIERS
15, CHEMIN DES COURTILLES
92600 ASNIÈRES

Nom :..................................Prénom..................
Adresse..
....
Code postal...............Ville..........................

SAS : Je souhaite recevoir
- les volumes cochés ci-dessous au prix de 7,50 € l'unité, soit :
N° ....
.... livres à 7,50 € = ...€

\+ frais de port = ...€
(1 vol. : 1,70 €, 1 à 3 vol. : 3,50 €, 4 vol. et plus : 5,00 €)

TOTAL .... (ajouter à TOTAL abonnements) .... = ...€

Editions Gérard de Villiers
15, chemin des Courtilles
92600 Asnières

DU MÊME AUTEUR

Nº 1. S.A.S. A ISTANBUL
Nº 2. S.A.S. CONTRE C.I.A.
Nº 3. S.A.S. OPÉRATION APOCALYPSE
Nº 4. SAMBA POUR S.A.S.
Nº 5. S.A.S. RENDEZ-VOUS A SAN FRANCISCO
Nº 6. S.A.S. DOSSIER KENNEDY
Nº 7. S.A.S. BROIE DU NOIR
Nº 8. S.A.S. AUX CARAÏBES
Nº 9. S.A.S. A L'OUEST DE JERUSALEM
Nº 10. S.A.S. L'OR DE LA RIVIERE KWAI
Nº 11. S.A.S. MAGIE NOIRE A NEW YORK
Nº 12. S.A.S. LES TROIS VEUVES DE HONG KONG
Nº 13. S.A.S. L'ABOMINABLE SIRÈNE
Nº 14. S.A.S. LES PENDUS DE BAGDAD
Nº 15. S.A.S. LA PANTHÈRE D'HOLLYWOOD
Nº 16. S.A.S. ESCALE A PAGO-PAGO
Nº 17. S.A.S. AMOK A BALI
Nº 18. S.A.S. QUE VIVA GUEVARA
Nº 19. S.A.S. CYCLONE A L'ONU
Nº 20. S.A.S. MISSION A SAÏGON
Nº 21. S.A.S. LE BAL DE LA COMTESSE ADLER
Nº 22. S.A.S. LES PARIAS DE CEYLAN
Nº 23. S.A.S. MASSACRE A AMMAN
Nº 24. S.A.S. REQUIEM POUR TONTONS MACOUTES
Nº 25. S.A.S. L'HOMME DE KABUL
Nº 26. S.A.S. MORT A BEYROUTH
Nº 27. S.A.S. SAFARI A LA PAZ
Nº 28. S.A.S.L'HEROÏNE DE VIENTIANE
Nº 29. S.A.S. BERLIN CHECK POINT CHARLIE
Nº 30. S.A.S. MOURIR POUR ZANZIBAR
Nº 31. S.A.S. L'ANGE DE MONTEVIDEO
Nº 32. S.A.S. MURDER INC. LAS VEGAS
Nº 33. S.A.S. RENDEZ-VOUS A BORIS GLEB
Nº 34. S.A.S. KILL HENRY KISSINGER !
Nº 35. S.A.S. ROULETTE CAMBODGIENNE
Nº 36. S.A.S. FURIE A BELFAST
Nº 37. S.A.S. GUÊPIER EN ANGOLA
Nº 38. S.A.S. LES OTAGES DE TOKYO
Nº 39. S.A.S. L'ORDRE RÈGNE A SANTIAGO
Nº 40. S.A.S. LES SORCIERS DU TAGE
Nº 41. S.A.S. EMBARGO
Nº 42. S.A.S. LE DISPARU DE SINGAPOUR
Nº 43. S.A.S. COMPTE A REBOURS EN RHODESIE
Nº 44. S.A.S. MEURTRE A ATHENES
Nº 45. S.A.S. LE TRÉSOR DU NEGUS
Nº 46. S.A.S. PROTECTION POUR TEDDY BEAR
Nº 47. S.A.S. MISSION IMPOSSIBLE EN SOMALIE
Nº 48. S.A.S. MARATHON A SPANISH HARLEM
Nº 49. S.A.S. NAUFRAGE AUX SEYCHELLES
Nº 50. S.A.S. LE PRINTEMPS DE VARSOVIE
Nº 51. S.A.S. LE GARDIEN D'ISRAËL
Nº 52. S.A.S. PANIQUE AU ZAÏRE
Nº 53. S.A.S. CROISADE A MANAGUA
Nº 54. S.A.S. VOIR MALTE ET MOURIR
Nº 55. S.A.S. SHANGHAÏ EXPRESS
Nº 56. S.A.S. OPÉRATION MATADOR
Nº 57. S.A.S. DUEL A BARRANQUILLA
Nº 58. S.A.S. PIEGE A BUDAPEST
Nº 59. S.A.S. CARNAGE A ABU DHABI
Nº 60. S.A.S. TERREUR AU SAN SALVADOR
Nº 61. S.A.S. LE COMPLOT DU CAIRE
Nº 62. S.A.S. VENGEANDE ROMAINE
Nº 63. S.A.S. DES ARMES POUR KHARTOUM
Nº 64. S.A.S. TORNADE SUR MANILLE
Nº 65. S.A.S. LE FUGITIF DE HAMBOURG
Nº 66. S.A.S. OBJECTIF REAGAN
Nº 67. S.A.S. ROUGE GRENADE
Nº 68. S.A.S. COMMANDO SUR TUNIS
Nº 69. S.A.S. LE TUEUR DE MIAMI
Nº 70. S.A.S. LA FILIERE BULGARE
Nº 71. S.A.S. AVENTURE AU SURINAM
Nº 72. S.A.S. EMBUSCADE A LA KHYBER PASS
Nº 73. S.A.S. LE VOL 007 NE RÉPOND PLUS
Nº 74. S.A.S. LES FOUS DE BAALBEK
Nº 75. S.A.S. LES ENRAGÉS D'AMSTERDAM
Nº 76. S.A.S. PUTSCH A OUAGADOUGOU
Nº 77. S.A.S. LA BLONDE DE PRÉTORIA
Nº 78. S.A.S. LA VEUVE DE L'AYATOLLAH
Nº 79. S.A.S. CHASSE A L'HOMME AU PEROU
Nº 80. S.A.S. L'AFFAIRE KIRSANOV
Nº 81. S.A.S. MORT A GANDHI
Nº 82. S.A.S. DANSE MACABRE A BELGRADE
Nº 83. S.A.S. COUP D'ÉTAT AU YEMEN
Nº 84. S.A.S. LE PLAN NASSER
Nº 85. S.A.S. EMBROUILLES A PANAMA
Nº 86. S.A.S. LA MADONNE DE STOCKHOLM
Nº 87. S.A.S. L'OTAGE D'OMAN
Nº 88. S.A.S. ESCALE A GIBRALTAR
Nº 89. S.A.S. AVENTURE EN SIERRA LEONE
Nº 90. S.A.S. LA TAUPE DE LANGLEY
Nº 91. S.A.S. LES AMAZONES DE PYONGYANG
Nº 92. S.A.S. LES TUEURS DE BRUXELLES
Nº 93. S.A.S. VISA POUR CUBA
Nº 94. S.A.S. ARNAQUE A BRUNEI
Nº 95. S.A.S. LOI MARTIALE A KABOUL
Nº 96. S.A.S. L'INCONNU DE LENINGRAD
Nº 97. S.A.S. CAUCHEMAR EN COLOMBIE
Nº 98. S.A.S. CROISADE EN BIRMANIE
Nº 99. S.A.S. MISSION A MOSCOU
Nº 100. S.A.S. LES CANONS DE BAGDAD
Nº 101. S.A.S. LA PISTE DE BRAZZAVILLE
Nº 102. S.A.S. LA SOLUTION ROUGE
Nº 103. S.A.S. LA VENGEANCE DE SADDAM HUSSEIN
Nº 104. S.A.S. MANIP A ZAGREB
Nº 105. S.A.S. KGB CONTRE KGB
Nº 106. S.A.S. LE DISPARU DES CANARIES
Nº 107. S.A.S. ALERTE AU PLUTONIUM
Nº 108. S.A.S. COUP D'ETAT A TRIPOLI
Nº 109. S.A.S. MISSION SARAJEVO
Nº 110. S.A.S. TUEZ RIGOBERTA MENCHU
Nº 111. S.A.S. AU NOM D'ALLAH
Nº 112. S.A.S. VENGEANCE A BEYROUTH

Nº 113. S.A.S. LES TROMPETTES DE JÉRICHO
Nº 114. S.A.S. L'OR DE MOSCOU
Nº 115. S.A.S. LES CROISÉS DE L'APARTHEID
Nº 116. S.A.S. LA TRAQUE CARLOS
Nº 117. S.A.S. TUERIE A MARRAKECH
Nº 118. S.A.S. L'OTAGE DU TRIANGLE D'OR
Nº 119. S.A.S. LE CARTEL DE SEBASTOPOL
Nº 120. S.A.S. RAMENEZ-MOI LA TÊTE D'EL COYOTE
Nº 121. S.A.S. LA RÉSOLUTION 687
Nº 122. S.A.S. OPÉRATION LUCIFER
Nº 123. S.A.S. VENGEANCE TCHÉTCHÈNE
Nº 124. S.A.S. TU TUERAS TON PROCHAIN
Nº 125. S.A.S. VENGEZ LE VOL 800
Nº 126. S.A.S. UNE LETTRE POUR LA MAISON BLANCHE
Nº 127. S.A.S. HONG KONG EXPRESS
Nº 128. S.A.S. ZAIRE ADIEU

AUX EDITIONS GERARD DE VILLIERS

Nº 129. S.A.S. LA MANIPULATION YGGDRASIL
Nº 130. S.A.S. MORTELLE JAMAIQUE
Nº 131. S.A.S. LA PESTE NOIRE DE BAGDAD
Nº 132. S.A.S. L'ESPION DU VATICAN
Nº 133. S.A.S. ALBANIE MISSION IMPOSSIBLE
Nº 134. S.A.S. LA SOURCE YAHALOM
Nº 135. S.A.S. CONTRE P.K.K.
Nº 136. S.A.S. BOMBES SUR BELGRADE
Nº 137. S.A.S. LA PISTE DU KREMLIN
Nº 138. S.A.S. L'AMOUR FOU DU COLONEL CHANG
Nº 139. S.A.S. DJIHAD
Nº 140. S.A.S. ENQUÊTES SUR UN GÉNOCIDE
Nº 141. S.A.S. L'OTAGE DE JOLO
Nº 142. S.A.S. TUEZ LE PAPE
Nº 143. S.A.S. ARMAGEDDON
Nº 144. S.A.S. LI SHA-TIN DOIT MOURIR
Nº 145. S.A.S. LE ROI FOU DU NEPAL
Nº 146. S.A.S. LE SABRE DE BIN LADEN
Nº 147. S.A.S. LA MANIP DU « KARIN A »
Nº 148. S.A.S. BIN LADEN : LA TRAQUE
Nº 149. S.A.S. LE PARRAIN DU « 17-NOVEMBRE »
Nº 150. S.A.S. BAGDAD EXPRESS
Nº 151. S.A.S. L'OR D'AL-QAÏDA
Nº 152. S.A.S. PACTE AVEC LE DIABLE
Nº 153. S.A.S. RAMENEZ-LES VIVANTS
Nº 154. S.A.S. LE RESEAU ISTANBUL
Nº 155. S.A.S. LE JOUR DE LA TCHEKA
Nº 156. S.A.S. LA CONNEXION SAOUDIENNE
Nº 157. S.A.S. OTAGE EN IRAK
Nº 158. S.A.S. TUEZ IOUCHTCHENKO
Nº 159. S.A.S. MISSION : CUBA
Nº 160. S.A.S. AURORE NOIRE
Nº 161. S.A.S. LE PROGRAMME 111
Nº 162. S.A.S. QUE LA BÊTE MEURE
Nº 163. S.A.S. LE TRÉSOR DE SADDAM Tome I
Nº 164. S.A.S. LE TRÉSOR DE SADDAM Tome II
Nº 165. S.A.S. LE DOSSIER K.
Nº 166. S.A.S. ROUGE LIBAN
Nº 167. S.A.S. POLONIUM 210
Nº 168. S.A.S. LE DÉFECTEUR DE PYONGYANG Tome I
Nº 169. S.A.S. LE DÉFECTEUR DE PYONGYANG Tome II
Nº 170. S.A.S. OTAGE DES TALIBAN
Nº 171. S.A.S. L'AGENDA KOSOVO
Nº 172. S.A.S. RETOUR A SHANGRI-LA
Nº 173. S.A.S. AL-QAÏDA ATTAQUE Tome I
Nº 174. S.A.S. AL-QAÏDA ATTAQUE Tome II
Nº 175. S.A.S. TUEZ LE DALAI-LAMA
Nº 176. S.A.S. LE PRINTEMPS DE TBILISSI
Nº 177. S.A.S. PIRATES
Nº 178. S.A.S. LA BATAILLE DES S 300 Tome I
Nº 179. S.A.S. LA BATAILLE DES S 300 Tome II
Nº 180. S.A.S. LE PIÈGE DE BANGKOK
Nº 181. S.A.S. LA LISTE HARIRI
Nº 182. S.A.S. LA FILIÈRE SUISSE
Nº 183. S.A.S. RENEGADE Tome I
Nº 184. S.A.S. RENEGADE Tome II
Nº 185. S.A.S. FÉROCE GUINEE
Nº 186. S.A.S. LE MAÎTRE DES HIRONDELLES
Nº 187. BIENVENUE A NOUAKCHOTT
Nº 188. DRAGON ROUGE Tome I
Nº 189. DRAGON ROUGE Tome II
Nº 190. CIUDAD JUAREZ
Nº 191. LES FOUS DE BENGHAZI
Nº 192. IGA S
Nº 193. LE CHEMIN DE DAMAS vol. I
Nº 194. LE CHEMIN DE DAMAS vol. II
Nº 195. PANIQUE À BAMAKO
Nº 196. LE BEAU DANUBE ROUGE
Nº 197. LES FANTÔMES DE LOCKERBIE
Nº 198. SAUVE QUI PEUT À KABOUL

GÉRARD DE VILLIERS

SAS

SAUVE-QUI-PEUT À KABOUL

VOLUME II

Éditions Gérard de Villiers

Photo : Christophe Mourthé
Modèle : J. Bruno
Maquillage et coiffure : Steffy
Arme prêtée par EUROPSURPLUS
www.europsurplus.com
2 Bld Voltaire 75011 PARIS

ISBN 978-2-360-5330-22

CHAPITRE PREMIER

Le pouls de Malko grimpa au ciel.

Un pick-up vert de la police était en train d'entrer dans l'hôtel Serena par la grande porte coulissante. Il demeura figé sur place, au milieu du lobby. L'attentat raté contre le président Karzai avait eu lieu environ une heure plus tôt. Donc, l'enquête était déjà en cours, Hamid Karzai devait être fou furieux, se rendant compte que les Américains l'avaient mené en bateau en lui faisant croire, à travers Mark Spider, qu'ils avaient renoncé à s'attaquer à lui.

Naturellement, sa rage allait se reporter contre Malko qu'il soupçonnait *déjà* d'être à Kaboul pour lui nuire. Ce qui avait provoqué l'affaire du kidnapping [1].

Automatiquement, il allait donner l'ordre à ses services de s'emparer de Malko.

Le pick-up vert de la police tourna à droite et se dirigea vers le parking.

Le pouls de Malko retomba, et il s'ébroua intérieu-

1. Voir Sauve-qui-peut à Kaboul, volume I.

rement, furieux d'avoir paniqué. C'était le NDS [1] qu'il devait craindre, pas la police.

De toute façon, rester au Serena était jouer avec le feu. C'était le premier endroit où on viendrait le chercher. Il se mit en route et franchit la porte tenue par l'employé habituel, coiffé d'un magnifique turban, puis traversa la cour pour atteindre la sortie des piétons à gauche. Dès qu'il fut hors de l'hôtel, il tourna à droite, passant devant le check-point de la police et continuant le long du mur du Serena.

Bizarrement, il se sentait mieux, perdu dans la foule. Même si on ne croisait pas beaucoup d'étrangers à pied dans Kaboul, il y en avait.

Où pouvait-il aller, avec, comme seul viatique le pistolet russe GSH 8 donné par Nelson Berry, qui pesait à sa cheville droite dans un ankle-holster G.K. ? Certes, en appelant Warren Muffet, il pouvait avoir accès à l'hôtel Ariana, mais, les Afghans apprendraient fatalement qu'il s'y était réfugié, ce qui mouillait la CIA *et* le gouvernement américain.

Ce qu'on lui reprocherait, évidemment.

Il devait, dans un premier temps, se débrouiller tout seul. Or, les possibilités de sortir de Kaboul étaient limitées.

Se présenter à l'aéroport était suicidaire. La plupart des routes menant hors de Kaboul, vers Jalalabad, Herat, Kandahar, Bamyan, étaient coupées par les Talibans. Il restait celle de Maza- i-Sharif par le tunnel

1. National Department of Security.

du Salang. Seulement, son seul moyen de transport possible était un bus. Or un étranger dans un bus en Afghanistan, cela ne passait pas inaperçu…

À la sortie de Kaboul, il y avait des barrages et c'était prendre un risque trop grand.

Il pensa à Nelson Berry.

Que lui était-il arrivé ? S'il avait été arrêté, Warren Muffet l'aurait mentionné. Il avait dû s'enfuir, connaissant bien le pays et disposant de beaucoup d'argent. De toute façon, c'était hautement risqué pour Malko de le contacter.

Celui-ci était arrivé au rond-point Puli Mahmoud Khan et s'arrêta quelques instants. Pensant à Clayton Luger. Et, réalisant en même temps que ses sponsors américains, à des milliers de kilomètres de Kaboul, ne pouvaient rien pour lui. Au mieux, on lui conseillerait de se débrouiller.

Un bruit strident le fit sursauter. Ce n'était que le klaxon d'un camion qui venait d'emboutir un marchand de fruits et légumes : des oranges s'étaient répandues sur toute la chaussée. Des passants s'attroupaient, vociféraient, prenaient parti. Le marchand attaquait la cabine du camion avec un gros bâton. Un policier en casquette blanche rejetée sur la nuque s'approchait sans se presser.

Malko se replongea dans la foule, longeant les grilles de Zarnegar Park. Avant tout, rester en liberté : Une fois aux mains des Afghans, il était fichu. Certes, on ne le condamnerait pas, mais il serait torturé et ensuite liquidé discrètement.

Solution *out*.

Il pensa à Maureen Kieffer et écarta tout de suite cette possibilité. Ce serait la mettre en danger et ce n'était même pas sûr : le NDS savait qu'ils se connaissaient. Dès que la traque s'accélérerait, c'est chez elle qu'ils débarqueraient.

Le bruit de la circulation était assourdissant, lui vidait le cerveau. Il repensa à la CIA. Là aussi, il y avait deux obstacles de taille.

Les Afghans pouvaient avoir établi une souricière avant l'hôtel l'Ariana et l'intercepter. Les Américains et leurs gardes népalais n'avaient pas le droit d'intervenir hors du périmètre de l'Ariana.

Exclu.

Soudain, il réalisa qu'il se trouvait à l'entrée de l'avenue Wazir-Akbar-Khan. Là où se trouvait la mosquée du même nom. Et le *maulana* Mousa Kotak qui avait le bras assez long pour le protéger des sbires de Karzai.

Le seul à pouvoir éventuellement l'aider.

Seulement, il était trop tôt, le *maulana* Kotak n'était là que l'après-midi.

* * *

C'était l'affolement au NDS.

Le président Karzai avant d'embarquer pour Lashkar Gah avait été prévenu de la tentative d'attentat contre lui et avait donné ordre au directeur par intérim du

– Il demande si on peut le payer maintenant, expliqua Nadir.

Apparemment, le chauffeur ne se faisait pas d'illusion sur le résultat de la *Choura*…

Tandis que Nadir cherchait ses billets, ils virent soudain le plus excité des villageois, celui qui avait menacé Malko, échanger quelques mots avec le vieillard au turban et revenir à grands pas vers leur taxi.

L'air toujours aussi hostile. Malko se dit qu'il voterait sa mort sans hésitation… Si seulement, les Australiens étaient encore là ! Hélas, ils avaient dû regagner leurs véhicules blindés et filer.

Le méchant barbu s'installa à l'avant, à côté du chauffeur. L'extrémité du canon de sa kalach touchait le pavillon de la voiture. Il lança quelques mots au chauffeur, qui parut encore plus terrifié.

– On va au village ! traduisit Nadir, c'est à quatre kilomètres.

C'est-à-dire qu'ils n'avaient guère plus de cinq minutes pour prendre une décision. Ensuite, ce serait trop tard.

Ils passèrent à côté du corps de l'officier assassiné et jeté dans le fossé.

Sinistre présage.

Pendant deux minutes, il ne se passa rien. Le paysage plat défilait, des rochers, quelques moutons, un berger. Ils étaient au milieu de nulle part. Soudain, Malko se tourna vers Nadir : il venait de prendre sa décision.

– Il ne faut pas aller jusqu'au village, dit-il avec fermeté.

Le jeune Afghan hocha la tête.

– Comment ? Le chauffeur obéit à celui qui nous accompagne. Surtout, ne faites pas d'imprudence !

– N'ayez pas peur !, assura Malko.

Il laissa sa main droite glisser le long de sa jambe droite et ses doigts atteignirent la crosse du GSH russe bloquée dans son « *ankle-holster* » GK. Il arracha l'arme du holster, la remonta sur ses genoux et, d'un geste rapide, ramena la culasse en arrière, faisant monter une cartouche dans la chambre.

Nadir le regardait, pétrifié.

Malko allongea le bras et posa le bout du canon du pistolet sur la nuque du barbu, jetant à Nadir :

– Dites-lui de ne pas bouger, de nous donner son arme ! On va arrêter la voiture pour qu'il descende.

***

Le barbu édenté eut un violent sursaut en sentant le froid de l'acier sur sa nuque. Il se retourna avec un véritable rugissement, ses traits émaciés déformés par la fureur.

Mort de peur, le chauffeur du taxi freina et s'arrêta sans qu'on lui dise rien.

Fébrilement, le barbu essayait de faire glisser la kalach de son épaule, heurtant le canon un peu partout. Malko cria à Nadir :

– Dites-lui qu'il se calme ! Je ne vais pas le tuer.

Nadir bredouilla quelques mots qui n'apaisèrent pas le barbu. Visiblement, la menace du pistolet ne suffisait pas.

Tout à coup, le taxi arrêté, il se pencha et ouvrit la portière, sautant dehors et tombant par terre, empêtré par l'arme accrochée à son épaule.

– Démarrez ! Démarrez ! cria Malko au chauffeur de taxi, ne réalisant pas qu'il ne comprenait pas l'anglais.

Les mains crispées sur son volant, l'Afghan ne bougeait plus. Mort de peur. Malko se tourna vers Nadir.

– Dites-lui de démarrer ! Vite !

Nadir balbutia quelques mots, mais le chauffeur ne réagit toujours pas. Soudain, par la portière ouverte, Malko aperçut le barbu, le visage déformé par la rage, en train de se relever. À peine debout, il fit glisser la kalach de son épaule et actionna le levier d'armement. Avec l'intention évidente de rafaler la voiture et ses occupants…

Terrifié, le chauffeur ouvrit à son tour sa portière et s'enfuit sur la route. Malko vit les yeux fous du barbu qui braquait sa kalach sur la voiture. C'était une question de secondes : il allait vider son chargeur sur eux. Il ne pouvait plus hésiter : c'était sa vie ou la sienne.

Le bras tendu, il visa le barbu au moment où celui-ci abaissait le canon de son arme pour tirer.

Le premier projectile du GSH 8 frappa l'Afghan en pleine poitrine et il partit en arrière, déséquilibré par le choc. Le canon de la kalach monta vers le ciel et le doigt crispé sur la détente fit partir la rafale qui passa au-dessus de la voiture. Malko avait déjà tiré une deuxième fois, touchant cette fois le barbu à la hanche. Il roula à terre et resta étendu dans la poussière. Nadir lança d'une voix blanche.

– *You killed him!*[1]

Debout à côté de la voiture, le chauffeur hurlait comme une sirène.

Pour un Taleb, il était émotif.

Malko descendit du taxi, le GSH 8 toujours au poing.

Le barbu ne bougeait plus, le regard vitreux. Heureusement, il n'y avait personne sur la route. Nadir, blanc comme un mort, rejoignit Malko et gémit :

– Qu'est-ce qu'on va faire ! Ils vont venir nous chercher.

– On ne les attend pas, lança Malko, encore sous le choc.

Jamais il n'aurait pensé être obligé de tuer ce villageois excité, mais s'il n'avait pas réagi, ils seraient tous morts…

– Dites au chauffeur de faire demi-tour !, ordonna Malko à Nadir. Il ne faut pas rester ici.

Il n'avait pas envie d'engager une bataille rangée avec les villageois qui allaient venir aux nouvelles… Le chauffeur restait planté sur place, les bras ballants. Malko vit une voiture arriver dans le lointain. Ce n'était pas le moment de traîner. Il braqua son pistolet sur le chauffeur et lança à Nadir :

1. Vous l'avez tué.

– Dites-lui que s'il ne reprend pas son volant, je le tue !

Nadir n'eut pas besoin de traduire pour que le chauffeur se mette enfin en branle. Il revint se glisser au volant tandis que Malko remontait dans le taxi. Le Taleb était si ému qu'il cala et dut s'y reprendre à trois fois avant de démarrer.

– Demi-tour ! cria Malko.

Cette fois, Nadir traduisit.

Maladroitement, le chauffeur effectua un demi-tour et repartit vers le nord.

De l'incident, il ne restait plus que la dépouille du villageois étalé au milieu de la route…

Pendant quelques minutes, il ne se passa rien. Choqué, Malko se repassait l'enchaînement qui l'avait amené à tuer cet homme qui voulait le tuer. Il en était malade, mais le destin ne lui avait pas laissé le choix.

Soudain, le chauffeur dit quelques mots d'une voix plaintive.

– Il dit qu'il ne peut pas nous garder dans sa voiture, traduisit Nadir.

– Où veut-il aller ?

Nadir posa la question et l'Afghan répondit de la même voix plaintive.

– Maintenant, il est obligé de revenir à Kaboul. S'il se montre au village, ils vont le tuer. C'est très grave pour lui, il ne pourra plus jamais faire le trajet Kaboul-Ghazni. Il veut beaucoup d'argent, en compensation.

Malko avait toujours dix mille dollars sur lui. Cela suffirait largement.

Cela faisait cinq cent mille afghanis. Une somme énorme.

– OK, dites-lui que je vais lui donner 500 000 afghanis, mais qu'il nous ramène à Kaboul !

Nadir traduisit, mais le chauffeur ne sembla pas satisfait. Il lança une longue phrase au neveu du *maulana* Kotak, aussitôt traduite par Nadir.

– Il dit que les gens du village, quand ils auront découvert le cadavre vont ameuter toute la région. Il risque sa vie en nous gardant avec lui. Même si vous ne voulez pas lui donner d'argent, il vous dépose au prochain village. C'est trop dangereux.

C'était la catastrophe totale. Malko pensa soudain à une alternative.

– On nous attend à Ghazni ? demanda-t-il à Nadir.

– Oui, pourquoi ?

– Il n'y a pas un autre itinéraire pour éviter ce village ?

L'idée de revenir à Kaboul le déprimait.

Il y eut un long échange avec le chauffeur et finalement, Nadir expliqua.

– Il ne le connaît pas et ce serait trop risqué… Il suffit de se faire bloquer dans un village pour être en danger de mort.

– Les troupes de la Coalition n'existent pas dans le coin ? insista Malko.

– Non, elles sont basées beaucoup plus loin à Ghazni.

En attendant, ils roulaient vers le nord, revenant à leur point de départ. Malko enrageait. Sans ce stupide accident dû aux Australiens, ils seraient déjà à Ghazni et lui bientôt en route pour Quetta.

Ils roulèrent ainsi une vingtaine de minutes puis les premières maisons d'une agglomération apparurent. Le chauffeur du taxi se gara sur le parking d'un petit restaurant, à côté d'un 4x4 blanc en train d'être passé au jet. Il y avait plusieurs camions, quelques voitures particulières et une dizaine de « routiers » attablés sur la terrasse en surplomb.

Le chauffeur se retourna et entama une longue discussion avec Nadir, sur son ton plaintif habituel. Le neveu du *maulana* Kotak restitua la conversation à Malko.

– Il s'excuse beaucoup, mais il a peur. Les villageois vont sûrement parler à tout le monde de ce qui s'est passé. Il y aura des contrôles aux check-points. Il va essayer de regagner Kaboul le plus vite possible, mais il ne pourra plus travailler.

– Je croyais que c'était un membre de votre organisation, objecta Malko.

– Pas vraiment, concéda Nadir. C'est un sympathisant. Il nous rendait des services. Cet incident va l'empêcher de continuer son travail de taxi. Il a peur qu'on ait relevé son numéro. Ici, nous sommes en province, ce n'est pas Karzai qui commande, mais les villageois.

Le chauffeur ajouta une phrase brève.

– Il veut son argent ! traduisit Nadir.

Malko comprit que ce n'était pas la peine de discuter. Sortant les billets de cent dollars de sa poche, il compta 8 000 dollars, en gardant 2 000 pour lui, et tendit la liasse au chauffeur qui les empocha aussitôt sans compter.

À peine étaient-ils sortis de la voiture qu'il démarra sur les chapeaux de roues, comme s'il avait le diable à ses trousses.

Malko le regarda s'éloigner, pensif.

– Vous n'avez pas peur qu'il nous dénonce ? demanda-t-il à Nadir.

Le neveu du *maulana* Kotak eut l'air choqué.

– Non, c'est un lointain cousin. Il ne fera pas cela, cela déclencherait des représailles.

Le chauffeur avait disparu dans la circulation.

– Qu'est-ce qu'on fait ? demanda Malko.

Nadir désigna le restaurant.

– Allons manger quelque chose ! on passera inaperçus.

C'est vrai, c'était l'heure du déjeuner. Ils montèrent l'escalier en bois et s'installèrent à une table à côté d'un marchand d'oranges sans que personne ne prête attention à eux.

Au moment où un minibus stoppait en contrebas, déversant quelques passagers, puis repartant dans un nuage de poussière.

– On ne pourrait pas emprunter un de ces véhicules pour regagner Kaboul ? suggéra Malko.

Nadir ne manifesta pas un enthousiasme délirant.

– C'est risqué, avertit-il. Vous êtes un *haridji*. Les *haridjis* ne voyagent jamais ainsi. À un check-point, ils peuvent vous signaler. Non, j'ai une meilleure solution : je vais faire descendre une voiture de Kaboul. Il faut que j'arrive à joindre mon oncle. Seulement, cela va prendre un peu de temps. Il faut quelqu'un de sûr.

Un garçon jeune, décharné et barbu était venu prendre la commande avec un regard surpris pour Malko. Nadir bavarda un peu avec lui et il repartit.

– J'ai commandé du *palau*, dit-il et des jus de fruits. Ils n'ont pas grand-chose ici. Je lui ai dit que vous étiez un ingénieur agronome et que notre taxi avait dû nous lâcher ici, pour qu'il ne s'étonne pas. Vous aimez le *dal*, la soupe de lentilles ? Il me l'a recommandée.

– Va pour le *dal* !, fit Malko.

La situation ne s'arrangeait pas : il avait été obligé de tuer un homme et il se retrouvait coincé au milieu de l'Afghanistan profond, avec, comme meilleure option, de revenir à son point de départ, Kaboul ! Il avait l'impression que tous les clients du restaurant le fixaient. On ne voyait pas beaucoup d'étrangers dans les campagnes afghanes.

Nadir s'était mis au téléphone. Lorsqu'il raccrocha, plusieurs minutes plus tard, il semblait contrarié.

– Je n'ai pas pu avoir mon oncle, avoua-t-il. J'ai parlé à son secrétaire. Il va essayer de résoudre le problème, mais nous n'aurons pas un véhicule avant plusieurs heures.

– Qu'est-ce qu'on va faire ? demanda Malko.

Nadir eut un sourire angélique.

– Attendre ici. Il n'y a pas d'autre solution.

Malko regarda les véhicules qui passaient sur la route en contrebas du restaurant.

Qu'allait-il faire à Kaboul ? Il se retrouvait encore plus vulnérable qu'à son départ. Avec en plus, le meurtre d'un Afghan sur le dos.

Il avait l'impression d'être pris dans une toile d'araignée qui se refermait inexorablement sur lui.

CHAPITRE VI

Un secrétaire vint déposer un rapport envoyé par mail par le représentant du NDS de Ghazni sur le bureau de Parviz Bamyan. Ce dernier le posa sur une pile de documents et continua la rédaction de son mémo pour le directeur de cabinet de Karzai. Il se moquait des incidents signalés par les différents représentants du NDS dans les capitales locales.

Un seul objectif occupait son emploi du temps, réclamé par la présidence : retrouver la trace de Malko Linge, l'agent de la CIA, probablement impliqué dans l'attentat contre le président Karzai. Ce dernier mettait une pression maxima sur le NDS pour obtenir des résultats. Question d'honneur et aussi de sécurité. Dans son for intérieur, il était persuadé que les Américains, qu'il soupçonnait de toutes les turpitudes, étaient derrière cet incident, attribué officiellement sur son ordre aux Talibans. Seulement, il lui fallait des preuves. L'homme soupçonné d'avoir tiré était dans la nature, dans une zone qui n'était pratiquement plus sous son contrôle; quant à celui qui aurait pu le sponsoriser,

Malko Linge, contractuel à la CIA, il semblait avoir changé de planète. Se cachant probablement à Kaboul.

Où, pourtant, il n'y avait pas beaucoup d'étrangers.

À moins que la CIA n'ait réussi à l'exfiltrer par Bagram qui n'était pas sous le contrôle afghan.

Parviz Bamyan acheva son rapport résumant toutes les mesures prises pour retrouver Malko Linge, la liste des lieux surveillés et des personnes interrogées. Le patron du NDS avait même averti les barrages filtrant l'accès à l'hôtel Ariana de vérifier les véhicules. Bien sûr, il n'avait pas le pouvoir de les arrêter, mais au moins, il saurait… Plus d'une trentaine d'agents du NDS étaient affectés à cette traque.

Épuisé, le chef du NDS décida de faire une pause et demanda du thé à son secrétaire.

Pendant qu'il commençait à le déguster en mangeant quelques quartiers d'orange, il prit le dernier dossier arrivé et le parcourut rapidement.

Là, il sentit son pouls s'emballer.

Le responsable du NDS de Ghazni rapportait un incident étrange.

À la suite d'une bavure de l'ISAF dont avaient été victimes deux jeunes villageois, leurs cousins et amis avaient organisé un barrage sur la route dans l'espoir de s'emparer de fonctionnaires ou de soldats gouvernementaux. Jusque-là, rien que de très normal.

Au cours de leurs recherches, ils avaient arrêté un taxi se dirigeant vers Ghazni où se trouvait un *haridji* dont la nationalité n'était pas précisée. Ils avaient voulu s'en emparer, mais, à la suite d'un incident confus, cet étranger avait pu leur échapper en abattant un des villageois.

Son taxi était reparti en direction de Kaboul et on ignorait où il se trouvait.

Parviz Bamyan regarda longuement le rapport.

Que pouvait faire un étranger dans un taxi afghan ? Personne ne se risquait sur cette route peu sécurisée. Les étrangers voyageaient en avion. Brutalement, il pensa à Malko Linge. Et si c'était lui ?

Il fallait absolument en savoir plus.

Il prit son portable, consulta la liste des numéros des représentants du NDS en province, trouvant aussitôt celui de Ghazni, qu'il appela dans la foulée. Il eut facilement l'homme qui avait rédigé le rapport et l'agent du NDS lui confirma les faits, qui s'étaient passés avant le village de Yusuf Khel.

– Filez à Yusuf Khel, ordonna Parviz Bamyan et rappelez-moi !

Il n'avait plus envie de boire son thé. Bien sûr, il ne possédait pas encore de preuves, mais son instinct lui disait qu'il était sur la bonne piste. Ce qui soulevait d'autres questions. Ce n'était pas la CIA qui avait pu aider Malko Linge à emprunter un taxi afghan. Il avait donc des complices locaux. Écartant tous les autres dossiers, il reprit celui enregistrant tous les contacts de l'agent de la CIA à Kaboul et tomba sur plusieurs rapports faisant état de visites à la mosquée Wazir Akbar Khan. D'après un agent, le *haridji* était allé rendre visite au *maulana* Mousa Kotak, l'ancien ministre taliban de la Protection de la Vertu et du Combat contre le Vice. Un homme protégé par le président Karzai qui souhaitait garder une « passerelle » avec les Talibans.

La réponse était évidente : Malko Linge avait utilisé le réseau taliban pour quitter Kaboul !

Quand le président Karzai fustigeait le rapprochement entre Talibans et Américains, il n'avait pas complètement tort. Maintenant, il restait à vérifier ce qui n'était encore qu'une théorie. Immédiatement, Parviz Bamyan appela un de ses adjoints et demanda à faire renforcer la surveillance autour de la mosquée Wazir Akbar Khan. Si Malko revenait à Kaboul, il faudrait chercher de ce côté-là.

***

Malko baissa les yeux sur sa montre : 4 h 20.

Cela faisait plus de quatre heures qu'ils poireautaient à la terrasse du « routier ». Les clients se succédaient, ne restant que peu de temps, mais eux faisaient désormais partie du paysage. De temps en temps, Nadir se faisait apporter du thé. Les garçons ne faisaient même plus attention à eux. En Afghanistan, la notion de temps était élastique…

– Mais qu'est-ce qu'il fait ? explosa Malko.

Nadir se tassa un peu plus.

– Mon oncle m'a dit qu'ils avaient trouvé une voiture. Seulement à cette heure-ci, rien que pour sortir de Kaboul, il faut presque deux heures.

– Vous ne pouvez pas leur téléphoner ?

– Non. Ils savent où nous sommes. Le chauffeur est quelqu'un de sûr, un des proches de mon oncle. Peut-être a-t-il eu du mal à obtenir son véhicule. Il faut attendre.

De toute façon, il n'y avait rien d'autre à faire.

Une heure plus tôt, une voiture de police s'était arrêtée en contrebas et le pouls de Malko avait grimpé au ciel. Mais les deux policiers s'étaient contentés d'une tasse de thé avant de repartir, sans même leur avoir jeté un regard. D'ailleurs, de loin, Malko, avec son turban et sa tenue locale, faisait un Afghan très convenable.

Soudain, ce dernier aperçut un vieux combi Volkswagen arrivant de la direction de Kaboul qui s'était arrêté au milieu de la chaussée en mettant son clignotant, voulant visiblement gagner le restaurant. Il termina sa manœuvre et vint se garer en contrebas de la terrasse. Le chauffeur sauta à terre et Nadir poussa une exclamation :

– C'est Koshan ! Il vient nous chercher.

Le jeune homme en tenue européenne grimpa l'escalier de bois et rejoignit leur table. Lui et Nadir s'étreignirent et le neveu du *maulana* Kotak expliqua :

– Il a dû faire réparer la voiture et, après, il a eu beaucoup de mal à sortir de Kaboul. La circulation…

Malko jeta un coup d'œil à sa montre : cinq heures et quart.

Le vieux combi blanchâtre ne semblait pas pouvoir faire des pointes de vitesse. Néanmoins, c'était mieux que rien…

– On y va ! décida-t-il.

Trépignant intérieurement. Même s'il ignorait ce qui l'attendait à Kaboul, tout valait mieux que cette attente interminable dans ce bled perdu.

– Je monte à l'avant, annonça Nadir, mettez-vous à l'arrière sur la banquette, comme si vous dormiez ! C'est plus sûr pour les contrôles. On dira que vous êtes malade.

Malko obéit. Le Combi ne payait pas de mine et son intérieur était quasiment détruit. Il s'allongea derrière les sièges avant, recroquevillé, les pieds contre la portière coulissante. Cinq minutes plus tard, ils roulaient vers Kaboul.

***

Parviz Bamyan enclencha son portable fiévreusement : c'était l'agent du NDS de Ghazni qui le rappelait. Après les salamalecs d'usage, ce dernier annonça les nouvelles. Il se trouvait au village de Yusuf Khel où il avait d'ailleurs été très mal accueilli. Il venait de s'entretenir avec le chef du village, encore choqué, et avait quand même recueilli des informations.

– Lesquelles ? aboya Parviz Bamyan.

– Les villageois ont intercepté un taxi qui faisait Kaboul-Ghazni. Il y avait trois hommes à bord dont un *haridji* en tenue afghane. Un homme grand aux cheveux clairs. Son compagnon a prétendu que cet homme était sous la protection du mollah Omar et que rien ne devait lui arriver ; il s'est présenté lui-même comme un commandant taleb.

– Son nom ?

– Ils ne se souviennent plus : comme ils étaient très en colère, ils les ont quand même arrêtés. Un d'entre eux est monté avec eux dans le taxi et ils sont partis vers le village. Comme ils ne voyaient pas le taxi arriver, des villageois sont retournés en arrière et ils ont trouvé le cadavre d'Abdul Zuhoor Qamony abattu de deux balles. Le taxi et ses occupants avaient disparu. Probablement dans la direction de Kaboul.

Parviz Bamyan était sur des charbons ardents. Le signalement du *haridji* correspondait grosso modo à celui de Malko Linge.

Qui était donc sous la protection des Talibans…

– C'est tout ? demanda-t-il.

– Non, commandant. Le chef du village, qui sait lire, a relevé le numéro du taxi.

Le responsable du NDS poussa un rugissement de joie.

– Donne-le-moi !

Il le nota soigneusement et écourta la conversation pour se remettre au téléphone, communiquant le numéro à tous les check-points de la route de Kaboul. S'il mettait la main sur le chauffeur, il faisait un pas de géant ; peut-être celui-ci saurait-il où se cachait Malko Linge à Kaboul. Il décida de ne pas quitter son bureau tant qu'il n'aurait pas du nouveau.

***

Depuis Maydan Shahr, la circulation s'était considérablement ralentie. Pourtant, il ne restait que 40 kilomètres avant Kaboul. Des flots de Toyota se pressaient sur la route défoncée, zigzaguant entre les ornières et les trous ; s'entremêlant dans un jeu épuisant.

Malko était toujours allongé sur la banquette du Combi, jetant un œil à l'extérieur par intermittence. Ils n'avaient franchi que deux check-points détendus où personne ne s'était intéressé à ce vieux véhicule sale. Maintenant que Kaboul se rapprochait, il fallait qu'il pense à l'avenir. L'idée de se retrouver dans le petit appartement fourni par le *maulana* Kotak ne l'enchantait pas, mais en attendant, c'était mieux que rien.

De toute façon, il n'avait pas tellement le choix. Au moins, dans cette planque, il était à l'abri des sbires de Karzai. Seulement, l'idée de se relancer dans une nouvelle expédition pour gagner Quetta ne le réjouissait pas. L'Afghanistan était trop en ébullition pour une telle équipée.

Il se sentait piégé, coincé. Sauf à se constituer prisonnier – une folie absolue – il était pris dans la nasse. Le Combi se traînait dans les rues encombrées de Maydan Shahr, un gros bourg, semblable à tous les villages afghans. Quelques soldats traînaient devant une chicane, laissant passer tous les véhicules. Il se redressa et demanda à Nadir :

– Qu'est-ce qu'on fait en arrivant à Kaboul ?

Le neveu du *maulana* Kotak se retourna. Il avait retrouvé un peu de son calme.

– Je vais demander des instructions à mon oncle. On ne vous laissera pas tomber.

– Je vais retourner là où j'étais ?

– Je ne sais pas, reconnut le jeune homme. Il faut que je lui parle de vive voix.

Ils étaient à la sortie de Maydan Shahr et le Combi reprit un peu de vitesse. Malko n'en pouvait plus d'être secoué comme un prunier, mais, d'un autre côté, appréhendait de se retrouver dans Kaboul.

Sa mission impossible semblait bien loin. Désormais, il avait un seul objectif : sauver sa peau.

Ils roulèrent encore une trentaine de minutes, puis la circulation ralentit : ils avançaient presque au pas. Un minibus arrivant en sens inverse les frôla et son conducteur cria quelque chose à celui du Combi.

Quelques instants plus tard, Nadir se retourna, visiblement soucieux.

– Il dit qu'on roule mal parce que le check-point en haut de la montagne, avant de redescendre sur Kaboul, arrête tous les véhicules venant du Sud. Ils cherchent des gens.

Malko sentit sa colonne vertébrale se glacer. Ce n'était pas une bonne nouvelle. Il se pencha vers Nadir :

– Il n'y a pas une autre route ?

Le neveu du *maulana* Kotak secoua la tête.

– Non, c'est la seule percée dans la montagne.

CHAPITRE VII

Parviz Bamyan poussa un rugissement de joie. Son adjoint venait de se ruer dans son bureau.

– Ils l'ont arrêté ! lança-t-il.

Il lui donna aussitôt les détails. Grâce au numéro du taxi fourni par le chef du village, le check-point à l'entrée de Kaboul venait d'intercepter le chauffeur du taxi qui se trouvait, hélas, seul dans son véhicule. Immédiatement, on l'avait confié au NDS qui l'acheminait vers Kaboul, un agent du Service conduisant le taxi. Grâce aux gyrophares de la voiture de police, il serait là une demi-heure plus tard.

Le chef du NDS ne tenait plus en place. Avec un peu de chance il allait localiser Malko Linge. Prudent, il s'interdit de prévenir sa hiérarchie. Il voulait d'abord avoir le chauffeur du taxi en face de lui.

***

Ils avançaient à trois à l'heure. Au sommet du col, la circulation était réduite à un filet, se glissant entre les diverses chicanes gardées par des soldats, kalach au poing, retranchés derrière des sacs de sable.

Tous les véhicules étaient stoppés, les papiers vérifiés par des policiers nerveux et, pour une fois motivés. Devant eux, on avait fait descendre les occupants d'un minibus pour les fouiller et s'assurer qu'ils ne transportaient pas d'armes… Il ne restait qu'une douzaine de voitures devant leur contrôle. Malko avait du mal à ne pas être submergé par l'angoisse.

– Qu'est-ce qu'on fait ? demanda-t-il à Nadir.

Le jeune homme ne dissimulait pas non plus sa nervosité.

– Les papiers du chauffeur sont en règle, affirma-t-il. Il faut faire croire que vous êtes malade. Restez allongé, on dira que vous avez une crise d'appendicite, qu'on ne peut pas vous bouger. Gardez bien votre turban !

Heureusement, la nuit était en train de tomber, et, sauf en s'approchant très près, on ne pouvait pas discerner que Malko n'était pas afghan.

– Et s'ils nous arrêtent ? demanda celui-ci.

Le poids du pistolet GSH8 accroché à sa cheville l'angoissait. Une arme qui avait tué un villageois. De quoi l'envoyer en prison pour un bon moment. Il songea à s'en débarrasser en le jetant par la fenêtre, puis se ravisa. Il pouvait encore en avoir besoin et, au point où il en était…

Les passagers du minibus remontaient dans leur véhicule et ils progressèrent de quelques mètres.

Dans un quart d'heure, au plus, ils seraient fixés.

***

Le prisonnier fut projeté si violemment dans le bureau de Parviz Bamyan qu'il alla s'écraser contre le mur. Les mains menottées derrière le dos, le visage tuméfié par les coups déjà reçus lors de son arrestation, il n'en menait pas large.

L'agent du NDS qui le convoyait jeta sur le bureau un sac en plastique transparent où on avait mis le contenu de ses poches.

– Il a 8 000 dollars et 450 afghanis ! annonça-t-il.

8 000 dollars ! Le cerveau de Parviz Bamyan partit au quart de tour. Allah était de son côté. Un pauvre bougre comme ce chauffeur de taxi ne pouvait pas posséder une somme pareille sans avoir trempé dans une combine.

– Mettez-le sur la chaise ! lança-t-il.

Il s'approcha alors du chauffeur et demanda :

– Comment t'appelles-tu ?

Pour l'engager à répondre, il lui allongea une formidable paire de gifles, déclenchant un saignement de nez qui inonda le visage du prisonnier. On eut du mal à comprendre son nom, mais cela n'avait aucune importance… Parviz Bamyan alla prendre le rouleau de billets de 100 dollars et les brandit devant son nez.

– À qui les as-tu volés ?

Pour appuyer sa question, il lui envoya un coup de poing en plein visage, faisant basculer sa chaise. En Afghanistan, la présomption d'innocence était remplacée par la présomption de culpabilité. Cela facilitait les choses…

Lorsqu'on l'eut relevé et épongé le sang qui inondait son visage, le chauffeur commença son récit d'une voix plaintive.

Il n'avait rien à se reprocher, il n'était qu'un chauffeur de taxi faisant le trajet Kaboul-Ghazni. Ce matin, à la station-service Ensalf, à la sortie ouest de Kaboul, dans le quartier d'Ivan Begi, un Afghan lui avait demandé de le conduire à Ghazni. Il était accompagné d'un *haridji* déguisé en afghan. Pour le motiver, cet homme lui avait offert 1 000 afghanis au lieu de 600, ce qu'il ne pouvait pas refuser.

Tout s'était bien passé jusqu'avant le village de Yusuf Khel. Là, ils avaient été stoppés par un groupe de villageois en armes…

Parviz Bamyan écouta la suite du récit avec indifférence. Cela recoupait celui de l'agent du NDS de Ghazni. Il sursauta quand le chauffeur précisa que c'était le *haridji* qui avait abattu de deux coups de pistolet le villageois qui les escortait.

– Et ensuite ? aboya l'homme du NDS.

– Ils m'ont forcé à faire demi-tour, expliqua le chauffeur. J'avais très peur. Ils voulaient que je les ramène à Kaboul mais je les ai abandonnés au premier village.

– Et les 8 000 dollars ?

– J'ai expliqué que désormais, je ne pouvais plus exercer mon métier. Si je passais par Yusuf Khel, je risquais d'être reconnu et tué. Que je devais avoir une compensation. Alors, le *haridji* m'a donné cet argent. Je le jure sur Allah, c'est la vérité.

Au fond, Parviz Bamyan se moquait des 8 000 dollars. Il insista.

– Que sont devenus tes passagers ?

– Je le jure sur Allah, je ne sais pas, je les ai laissés devant un petit restaurant, je ne sais même pas le nom du village. Ils ont dû prendre un taxi collectif ou un minibus. Ils voulaient revenir sur Kaboul.

– Ça ne t'a pas étonné qu'un *haridji* parte tout seul dans un taxi jusqu'à Ghazni ?

Le chauffeur secoua la tête.

– Dans la conversation, quand il y a eu l'incident avec les villageois, l'Afghan qui l'accompagnait a expliqué que cet *haridji* était sous la protection du mollah Omar et que lui-même était le neveu d'un très respecté *maulana*, Mousa Kotak.

Cela fit « tilt » dans la tête de Parviz Bamyan. Le *maulana* Kotak avait justement reçu la visite à plusieurs reprises de Malko Linge… Il lança un ordre à un des policiers qui sortit en courant du bureau. Il revint, plusieurs photos à la main. Elles avaient été prises par des agents du NDS pendant leurs planques. Évidemment, Malko n'y était pas déguisé, mais on les mit sous le nez du chauffeur.

– Tu connais cet homme ?

L'Afghan n'hésita pas longtemps.

– C'est le *haridji* que j'ai transporté, je le jure sur Allah.

Parviz Bamyan fut balayé par une grande vague d'optimisme. Il venait d'accomplir un pas de géant. Certes, il n'avait toujours pas de preuves de l'implication de Malko Linge dans l'attentat contre le président Karzai, mais désormais, il avait une inculpation solide contre lui : meurtre. Avec un témoin.

Il ne restait plus qu'à le retrouver.

– Tu vas faire une déposition, annonça-t-il au chauffeur de taxi. Peut-être que tu seras confronté à cet *haridji*. Il faudra que tu le reconnaisses avec certitude…

L'Afghan jura que ce serait le cas.

On rédigea son procès-verbal, qu'il signa sans le lire. Ne remarquant pas que, sur la liste des objets trouvés sur lui, les 8 000 dollars avaient disparu. Il fallait bien que les policiers du NDS mal payés fassent leurs fins de mois. Une chose encourageait Parviz Bamyan : Malko Linge et celui qui l'accompagnait – le neveu du *maulana* Kotak – voulaient revenir à Kaboul. Donc se jeter dans ses griffes. Il n'y avait plus qu'à tendre le piège… Le NDS n'ayant plus de chef pour cause d'attentat, s'il réussissait cette affaire, il ferait un bon candidat.

***

Le vieux Combi stoppa à la chicane, aussitôt entouré par plusieurs soldats, doigt sur la détente de leurs kalachs. L'un d'eux s'adressa au chauffeur qui lui tendait déjà ses papiers. Il y eut un brève dialogue puis le soldat demanda :

– Tu n'as pas d'arme ?

– Tu peux me fouiller moi et la voiture. Je n'ai rien, je te le jure sur Allah.

– Et le type qui dort, sur la banquette ?

– Il est malade. On le transporte à l'hôpital. Il doit être opéré. Il est comme ça, parce qu'il ne peut pas rester assis. C'est mon cousin, ajouta-t-il.

Le soldat hésita, jetant un coup d'œil à la forme étendue sur la banquette dont on ne voyait que les vêtements et le turban. Les Afghans ont le respect de la santé. Il rendit ses papiers au chauffeur et lui fit signe de passer. L'autre lui adressa un grand sourire avant de démarrer.

– *Tashakor* ! [1]

Ce n'est que dans les lacets menant à la plaine de Kaboul que Malko se redressa et ôta son turban.

Dans Kaboul, il ne risquait pas grand-chose, même si beaucoup de problèmes restaient à régler.

– Vous voulez téléphoner à votre oncle ? demanda-t-il à Nadir.

Le jeune homme secoua la tête.

– Non, ce n'est pas prudent. On va y aller directement. Il nous attend à la mosquée. Je ne sais pas ce qu'il veut faire avec vous.

Malko dut se résigner. De nouveau, la circulation était épouvantable. Ils ne seraient pas dans le centre avant une heure.

1. Merci.

***

Maureen Kieffer stoppa devant sa guest-house, remarquant immédiatement une Corolla noire garée devant le portail. Un homme en sortit et vint vers elle, alors qu'elle descendait ouvrir. Il la salua poliment, la main sur le cœur, et demanda en dari :

– Tu n'attends pas de visite ce soir ?

Surprise, la jeune femme demanda :

– Quelle visite ?

L'homme demeura évasif, bredouilla quelques mots et s'éloigna vers sa voiture. La jeune femme alors, repensa à Malko. Elle n'avait pas eu de ses nouvelles depuis plusieurs jours et ignorait même s'il se trouvait encore à Kaboul. Cependant, l'attentat contre le président Karzai lui avait fait repenser à lui et à son attitude étrange. Quelque chose lui disait qu'il n'y était pas étranger, sans qu'elle comprenne son rôle exact.

La visite de cet inconnu signifiait qu'il était toujours à Kaboul et, probablement, qu'il avait des ennuis. Résistant à l'envie de lui téléphoner, elle se remit au volant et rentra son 4x4.

***

Malko commençait à se reconnaître : ils étaient dans le centre. Bientôt, ils tournèrent autour du rond-point menant à l'avenue Wazir Akbar Khan. Ils approchaient de la mosquée. Plus de quatorze heures de route et de dangers pour se retrouver au point de départ… Frustrant.

Le Combi longeait les grilles de la mosquée dont on apercevait les minarets dans la pénombre. Le chauffeur ralentit. Soudain, Nadir poussa une brève exclamation et le chauffeur du Combi remit les gaz, passant devant l'entrée de la mosquée sans s'arrêter.

– Qu'est-ce qui se passe ? demanda Malko.

Nadir se retourna, le visage crispé.

– Il y a une voiture du NDS devant l'entrée ! Ils vous attendent.

Malko eut l'impression de recevoir un coup sur la nuque. Ses derniers alliés à Kaboul se dérobaient. Comment le NDS avait-il trouvé sa planque ?

Le Combi continua, tourna sur la droite et s'arrêta dans une petite rue sombre. Nadir se retourna.

– Il ne faut pas aller là-bas.

Ça, Malko l'avait compris. Le cerveau vide, il avait du mal à faire le point.

Il interpella Nadir :

– Vous ne pouvez pas aller voir votre oncle ?

Nadir demeura de glace et bredouilla.

– J'ai peur qu'on m'arrête. Je ne sais pas ce qui se passe.

– Qu'est-ce qu'on va faire alors ? demanda Malko.

Le neveu du *maulana* Kotak semblait aussi ennuyé que lui.

– Je peux vous conduire quelque part, suggéra-t-il. Où voulez-vous aller ?

Le problème, c'était que Malko n'avait aucun endroit où se réfugier. Cette fois, il était définitivement coincé.

CHAPITRE VIII

– Il demeura silencieux quelques instants avant de demander à Nadir :

– Vous ne pouvez pas me ramener dans la maison où j'étais ce matin ?

Le neveu du *maulana* Kotak se ferma, visiblement effrayé.

– Ils vous attendent peut-être aussi là-bas.

– Allez voir votre oncle ! Demandez-lui conseil !

– J'ai peur, avoua le jeune homme. Ils risquent de m'arrêter. Ils ne feront rien à mon oncle, pour des raisons politiques, mais moi, ce n'est pas pareil.

On était dans l'impasse.

Malko cherchait désespérément une solution.

Retourner au Serena était suicidaire. Il ne savait même pas comment aller chez Maureen Kieffer et ne voulait pas téléphoner. Il fallait gagner du temps : Soudain, il eut une idée. C'était très aléatoire mais il n'avait pas le choix.

– Très bien, dit-il, conduisez-moi à l'ambassade d'Iran !

Nadir sembla stupéfié et répéta :

– À l'ambassade d'Iran ?

– Oui. Vous savez où c'est ?

– Oui, bien sûr.

Après un long silence, le jeune homme dit quelques mots au chauffeur qui redémarra. Un quart d'heure plus tard, ils longeaient le long mur du NDS. Le Combi s'arrêta sur le rond-point suivant.

– L'ambassade d'Iran, c'est là, annonça Nadir.

– Je sais, dit Malko, je vous remercie. Dites à votre oncle qu'il m'envoie un SMS pour me faire savoir s'il peut encore m'aider !

Il posa son turban se débarrassa de son *camiz charvuar* enfilé sur ses vêtements occidentaux, fit coulisser la porte et sauta hors du Combi sur le trottoir désert. Le véhicule redémarra aussitôt et Malko attendit qu'il se soit éloigné pour revenir sur ses pas. Il parcourut une centaine de mètres à pied jusqu'au bâtiment tout en longueur de la TNT. Le boulevard Sherpour était désert. Il frappa à la lourde porte de bois qui s'ouvrit presque aussitôt sur une barbe hirsute. Comme d'habitude, trois vigiles campaient dans l'entrée avec leurs kalachs.

– Gandamack ! lança Malko avec un sourire.

Ils le firent aussitôt entrer et il gagna la seconde entrée menant à la guest-house. Là aussi, il fallut montrer patte blanche mais son faciès occidental valait tous les laissez-passer. Il contourna le jardin désert pour gagner l'entrée. C'est par prudence qu'il ne s'était pas fait déposer devant. On ne savait pas ce qui pouvait arriver à Nadir. Celui-ci, interrogé, ne pourrait indiquer que l'ambassade d'Iran comme destination pour Malko, ce qui plongerait les Afghans dans un abîme de perplexité.

Il entra dans le petit hall et prit à gauche, où se trouvait le réceptionniste de l'hôtel. Celui-ci somnolait à son poste. Il jeta un coup d'œil distrait à Malko qui fixait le tableau où étaient accrochées les clefs des chambres.

Son estomac se serra : celle de la chambre n° 4, où logeait Alicia Burton, pendait à son crochet. La jeune femme n'était pas rentrée. Inutile de se renseigner auprès du veilleur qui ne devait même pas savoir son nom. Il repartit vers la salle à manger. Il y avait pas mal de monde, des journalistes et des ONG. Quelques Afghans. Le Gandamack était très apprécié des Britanniques. Il s'assit à une table libre et attendit le garçon.

Alicia Burton était sa dernière chance. Du moins pour un dépannage de courte durée. Il ne pouvait pas coucher dans la rue.

Demain serait un autre jour. Pour l'instant, il était trop fatigué, son cerveau refusait de fonctionner.

Il commanda le menu et mangea sans appétit. Priant pour que la journaliste ne soit pas partie pour plusieurs jours. Dans ce cas, il était dans l'impasse.

***

Une heure s'était écoulée. Les dîneurs commençaient à partir.

On se couchait tôt à Kaboul. Certains avaient une chambre au Gandamack, d'autres regagnaient leur logement. Personne ne lui avait posé de question.

Il paya et repartit vers la réception.

Cette fois, son pouls s'envola. La clef de la n° 4 n'était plus à son crochet ! Le veilleur de nuit n'avait même pas levé la tête. Malko n'hésita pas, passant devant lui, et s'engagea dans l'escalier, le cœur battant. Les marches craquaient et le couloir était mal éclairé. Il arriva devant la porte n° 4 et frappa un coup léger. Il entendit un bruit à l'intérieur, une clef qui tournait et la porte s'ouvrit.

Sur une burka bleue !

***

Malko demeura interloqué, abasourdi. Avec une seule pensée : Alicia Burton avait déménagé, laissant sa place à une Afghane ! Il allait reculer lorsqu'une voix sortit de la burka :

– Malko !

Il eut l'impression qu'on lui versait du miel dans la gorge et demanda, presque timidement :

– Alicia ?

– Mais oui, fit la voix étouffée par la burka, c'est moi. Entre !

Il se glissa dans la chambre.

Aussitôt, la jeune femme prit sa burka par le bas et s'en débarrassa, apparaissant dans une robe tout à fait normale. Encore ébouriffée, elle lança à Malko :

– Tu as de la chance de me trouver. Je reviens à l'instant de Jalalabad. Quand je vais là-bas, je mets une burka, c'est plus prudent, la route n'est pas sûre.

Elle se laissa tomber sur le lit.

– Qu'est-ce qui t'amène à cette heure-ci ? Tu as l'air mal.

– C'est une longue histoire, dit Malko. Je suis recherché par le NDS, je ne peux plus aller au Serena, je ne peux pas prendre d'avion. J'ai essayé de quitter Kaboul par la route, mais cela n'a pas marché.

Il raconta à la jeune femme ses mésaventures, précisant :

– J'ai dû tuer un Afghan. J'ai encore sur moi le pistolet qui l'a abattu. En me protégeant, tu prends des risques.

Alicia Burton sourit.

– Je ne vais pas te chasser. Ici, ce soir, personne ne viendra te chercher. Le veilleur de nuit est persuadé que toutes les occidentales sont des putains. Donc, cela ne l'étonne pas que je reçoive un homme, s'il s'en est aperçu. Jusqu'à demain, tu ne risques rien.

« Après, je ne sais pas ; il y a des mouchards à l'hôtel. Ils risquent de se poser des questions sur ta présence.

– On verra demain, dit Malko.

Alicia, à son tour ôta ses vêtements, apparaissant en slip et en soutien-gorge. Sexy en diable, mais Malko était trop fatigué, la libido complètement en berne.

– Tu as l'air épuisé, remarqua Alicia. Couche-toi !

Il n'eut pas de mal à obéir. En un clin d'œil, il se glissa dans les draps, rejoint aussitôt par la jeune femme qui venait de se débarrasser de ses derniers vêtements. Gentiment, elle vint dans ses bras et murmura :

– Je suis contente que tu sois venu te réfugier ici…

Le contact de la peau tiède fit du bien à Malko et il referma les bras autour de la jeune femme, sentant les pointes de ses seins s'écraser contre sa poitrine.

Touché par sa gentillesse, il l'embrassa dans le cou et murmura :

– Excuse-moi !

– Le lit est étroit, j'espère que tu vas bien dormir, dit simplement Alicia Burton.

Dans l'état de fatigue où il se trouvait, Malko aurait dormi sur une planche à clous de fakir ; il ne se rendit même pas compte qu'il basculait dans le sommeil.

***

Malko dormait sur le dos, reprenant lentement conscience. Une lueur blafarde filtrait à travers les rideaux. Il envoya les mains de chaque côté de son corps et se dit que le lit n'était pas si étroit que cela car il ne trouva aucun obstacle. Il avait le lit pour lui tout seul.

Soudain, il réalisa qu'il avait un poids sur le ventre. Envoyant les mains dans cette direction, il trouva une chair chaude ; les hanches d'Alicia Burton… Tout à fait réveillé, il réalisa que, s'il n'avait pas trouvé la jeune femme à ses côtés, c'est qu'elle était installée sur lui, à califourchon sur son bas-ventre, les genoux appuyés sur le drap.

Ses doigts remontèrent et il trouva deux mamelons dressés. Aussitôt, la jeune femme commença à se balancer très doucement sur lui, contre son sexe encore au repos, écrasé par son corps. Alicia se pencha sur lui et murmura :

– Tu es moins fatigué…

Désormais, son balancement était carrément érotique. Malko sentit son désir s'éveiller. C'était une scène irréelle. Il ferma les yeux et laissa la nature faire son travail. Ils n'échangeaient pas un mot, mais peu à peu, s'excitaient mutuellement. Malko sentait son sexe prendre du volume. Il saisit les pointes dressées des seins d'Alicia Burton et commença à les faire tourner entre ses doigts, déclenchant de petits soupirs chez sa partenaire. Ensuite, il caressa ses hanches, tandis qu'elle se soulevait pour laisser respirer son sexe, écrasé contre elle.

La jeune femme baissa les yeux sur le membre désormais rigide, se dressant le long de son ventre et l'empoigna de la main gauche pour le mettre à la verticale.

– Tu vois, dit-elle, tu avais simplement besoin d'une bonne nuit de sommeil…

Maintenant, Malko ne rêvait plus que de transpercer cette belle femelle plus que consentante. Sa libido s'était totalement réveillée. Comme chaque fois qu'il avait échappé à un danger, il ressentait une furieuse envie de faire l'amour.

Éros et Thanatos. Un couple qui marchait très bien.

– Viens ! dit-il.

Docilement, Alicia Burton se souleva, comme un cavalier décolle de sa selle. Empoignant elle-même le sexe dressé à la verticale ; lorsque son extrémité effleura la muqueuse brûlante, Malko poussa un grognement sauvage, saisit les hanches d'Alicia Burton et l'empala d'un coup sur lui. S'enfonçant jusqu'au fond de son ventre d'un seul trait.

Il avait l'impression de revivre.

La jeune femme poussa un petit cri.

– Doucement !

C'est elle qui se mit à coulisser sur le membre qui l'empalait, à son rythme, les yeux fermés, les pointes des seins dressées, dures comme des crayons. Pourtant, c'est Malko qui accéléra le tempo. Faisant monter et descendre la jeune femme avec une amplitude de plus en plus grande. Jusqu'à ce qu'elle pousse un grand cri et se laisse aller sur sa poitrine.

Il pouvait sentir son cœur battre la chamade contre sa poitrine. Ce fut un long et délicieux moment puis, d'elle-même, la jeune femme glissa sur le côté et fila vers la petite salle de douche.

Laissant Malko apaisé.

L'angoisse le reprit pourtant très vite. Il avait gagné quelques heures, guère plus. Il ne pouvait pas rester au Gandamack, sans courir des risques insensés. Or, il avait beau chercher une solution, il n'en trouvait pas.

Lorsqu'Alicia Burton ressortit de la salle de douche, il en était au même point. Elle lui adressa un sourire radieux :

– Prends une douche, après on va descendre pour le petit déjeuner !

C'est sous la douche que Malko trouva une ébauche de solution. Une option qu'il aurait voulu éviter, mais il était coincé, au bout du rouleau. Il attendit d'être dans la salle à manger pour poser la question qui l'intéressait :

– Tu vas avoir un contact avec l'hôtel Ariana ? demanda-t-il à Alicia Burton.

– La jeune femme inclina la tête affirmativement.

– Oui, ce que j'ai vu à Jalalabad les intéresse. Pourquoi ?

– Comment vas-tu là-bas ?

– Avec ma voiture. J'avertis à l'avance la sécurité de l'hôtel Ariana, qui communique le numéro de ma voiture aux différents check-points. Comme ça, je peux les passer sans problème...

– Tu pourrais m'emmener ? demanda Malko. Sans prévenir personne.

Alicia Burton n'hésita pas.

– Bien sûr.

Il venait de trouver un moyen sûr d'entrer en contact avec la CIA.

– Je ne veux pas me présenter seul à l'Ariana expliqua-t-il. À quelle heure penses-tu y aller ?

– Je dois téléphoner, prévenir le poste de garde qu'il donne le numéro de ma voiture aux check-points qui protègent la zone : cela va prendre une heure environ.

– Très bien, approuva Malko. Ne parle surtout pas de ma présence !

Ils remontèrent dans la chambre et Alicia Burton se mit au téléphone. Cinq minutes plus tard, elle annonça :

– C'est OK. On y va à dix heures ; je rencontre ensuite Warren Muffet.

– Il va être surpris, dit Malko, car il ne s'attend sûrement pas à me voir.

Il n'avait plus eu de contact avec le chef de Station de la CIA depuis le coup de fil de ce dernier lui annonçant que l'attentat contre Karzai avait échoué. À ce moment, il ignorait encore la mission de Malko à Kaboul.

***

Alicia Burton s'arrêta au check-point juste avant l'ambassade de France. Le premier des trois. Tout au fond, on apercevait l'hôtel Ariana avec son poste de veille en forme de mirador sur le toit. Le soldat consulta ses papiers, vérifia le badge de la voiture l'autorisant à entrer dans la « *green zone* » et les laissa passer.

À l'arrière de la vieille Toyota, Alicia et Malko demeuraient silencieux.

Même manège au second barrage.

Au troisième, un des soldats passa un miroir sous la carrosserie afin de vérifier l'absence d'explosifs.

Ensuite, ils se heurtèrent aux Gurkhas gardant l'hôtel Ariana. Là, Malko dut montrer son passeport, mais, étant donné la couleur de sa peau, ils ne posèrent aucune question.

Pourtant, il ne respira que lorsque la herse protégeant la cour de l'hôtel fut enfin abaissée. Le chauffeur gara la Toyota devant le bâtiment et le couple se présenta au poste de garde des « *marines* ». Coups de fil, vérifications. Finalement, on leur lança :

– Asseyez-vous là, on va venir vous chercher !

Effectivement, cinq minutes plus tard, un jeune « *case-officer* » sortit de l'ascenseur.

– M. Muffet vous attend, *miss*, dit-il. *Sir*, vous êtes avec elle ?

– Tout à fait, affirma Malko.

– Vous avez *aussi* rendez-vous ?

– Warren Muffet ne m'attendait pas, je n'ai pas pu le prévenir, affirma Malko. Mais il va être très content de me voir.

Le « *case-officer* » hésitait. Finalement, il reconnut :

– Il me semble que je vous ai déjà vu ici. OK, venez ! J'espère que je ne me ferai pas engueuler.

– J'en doute ! dit Malko, pince-sans-rire.

Au troisième étage, on les fit entrer dans une petite salle d'attente, aux sièges défoncés. Malko avait l'estomac serré. Comment le chef de Station allait-il l'accueillir ?

Cinq minutes plus tard, la porte s'ouvrit sur Warren Muffet, en bras de chemise. Il s'arrêta net sur le seuil.

– *Holy gosh* ! Malko ! Pourquoi ne m'avez-vous pas prévenu ?

– Je vous l'expliquerai dès que possible, assura celui-ci. Je crois que vous avez quelques points à régler avec Ms Burton. Je vais vous attendre.

– Descendez à la cafétéria !, conseilla le chef de Station. Je vous rejoins. Un de mes *deputies* va vous accompagner.

Malko sentit qu'il mourait d'envie de lui poser beaucoup de questions.

CHAPITRE IX

Malko en était à son deuxième café insipide lorsque Warren Muffet le rejoignit. Le chef de Station de la CIA prit place en face de lui et lui jeta un long regard interrogateur.

– La dernière fois que je vous ai parlé, dit-il, c'était il y a cinq jours. Depuis, je n'ai plus eu aucune nouvelle. Pourquoi ne pas m'avoir appelé ?

– Je ne peux pas encore vous le dire, répliqua Malko. Je dois m'entretenir avec Langley d'abord.

– Où étiez-vous ?

– À Kaboul. Et aussi, un peu à l'extérieur.

Les deux hommes étaient mal à l'aise. C'est Warren Muffet qui fit le premier pas.

– Après l'attentat contre le président Karzai, j'ai eu une conversation troublante à votre sujet. J'avoue que cela m'a perturbé.

– Avec qui ?

– Jason Forrest.

– Que vous a-t-il dit ?

– Il m'a laissé entendre que vous étiez pour quelque chose dans l'attentat destiné à tuer Karzai.

– Vous l'avez cru ?

– Non, affirma mollement l'Américain, mais il m'a cité des faits troublants.

– À propos, demanda Malko, que sait-on désormais de cet attentat ?

– Pas grand-chose, avoua le chef de Station. Il a été perpétré par un bon « *sniper* » avec une arme russe qu'on n'a pas pu retracer. Il y avait des complicités intérieures sûrement, mais les Afghans n'ont pas communiqué.

– Personne n'a été arrêté ?

– Personne.

– Mon nom a été prononcé ?

– Non.

Un long silence s'établit. Rompu par Malko.

– En dehors de l'attentat, que s'est-il passé ces jours-ci ? Je ne suis au courant de rien.

Warren Muffet lui jeta un drôle de regard.

– Que voulez-vous dire ?

– Les réactions des uns et des autres.

– Karzai est plus que jamais fou furieux contre nous. Il a accusé à demi-mot les Talibans d'avoir essayé de le tuer, avec notre aval... Il a refusé de recevoir Chuck Hagel, notre secrétaire d'État à la Défense en prétextant une grippe. Nos relations sont au plus bas.

Apparemment, la connexion Mark Spider-Jason Forrest-Karzai avait bien fonctionné. Le président Karzai ne se faisait plus d'illusions, en dépit du montage imaginé par Malko.

– C'est tout ? demanda celui-ci.

– Côté Karzai, oui. Par contre, le NDS m'a donné des informations selon lesquelles ils avaient l'impression que les Talibans avaient reporté une grosse opération.

– C'est-à-dire ?

– Je vous avais dit que mes homologues savaient que des groupes armés venus du Logar et du Wardak s'étaient infiltrés dans la ville. Apparemment, ils sont repartis. Ce qui donnerait une certaine crédibilité aux dires de Karzai. Si ce sont les Talibans qui ont tenté de l'assassiner, ils étaient apparemment prêts à déclencher des troubles à Kaboul, en profitant de sa disparition. Bien sûr, tout cela n'est qu'une supposition…

– Bien sûr ! affirmera Malko, à propos, vous avez mentionné ce fait à Langley ?

– Pas encore. Je vais le mettre dans le *« weekly Brief »* que j'envoie demain. De toute façon, il n'y a pas d'urgence, rien ne s'est passé et ces Talibans fantômes ont disparu, s'ils ont jamais existé.

Malko était sur des charbons ardents. Désormais, il avait une raison supplémentaire de s'entretenir avec Clayton Luger. Pour commencer.

– Warren, dit-il, je dois entrer en contact avec Langley sur une ligne absolument sécurisée. C'est possible ?

– Bien sûr, confirma l'Américain. Venez avec moi !

Ils remontèrent au troisième et là, Malko réalisa qu'avec le décalage horaire de plus de 9 heures, il était trois heures du matin à Washington…

– Je vais attendre la fin de la journée, proposa-t-il, pour qu'il soit 9 heures AM à Langley.

– Voulez-vous que je vous fasse reconduire au Serena ? proposa le chef de Station.

– Non, dit Malko. Je préfère rester ici.

L'Américain ne discuta pas.

– Pas de problème, nous avons une chambre de repos pour les agents de passage, au quatrième. Je vous fais conduire là-bas.

Il devait se poser des questions, mais n'en fit pas état. Tandis qu'ils attendaient celui qui devait conduire Malko à sa salle de repos, ce dernier dit d'une voix égale :

– Pour l'instant, *personne* ne doit savoir que je me trouve ici.

Warren Muffet marqua le coup.

– Même pas Langley ?

– Je parlais des Afghans, précisa Malko. Je pense que personne n'a remarqué mon arrivée. Alicia Burton est dans la confidence. Aucun commentaire.

Malko se retrouva dans une chambre succinctement meublée dont l'unique fenêtre donnait sur un mur en béton surmonté de barbelés.

Il s'allongea sur le lit et laissa ses nerfs se détendre. Il était toujours traqué par le NDS, mais, ici, rien ne pouvait lui arriver. Évidemment, il lui était impossible d'y rester éternellement.

C'était le moment de commencer à dénouer sa folle mission qui l'avait mené dans une impasse, mais avait peut-être eu des effets positifs, par ailleurs.

***

Le *maulana* Mousa Kotak écoutait, les yeux mi-clos, les salamalecs du haut fonctionnaire du NDS qui venait de débarquer dans son antre. Un homme charmant et poli, avec une courte barbe montrant qu'il avait de la religion. Contrairement à la plupart des agents du NDS issus du Khalq procommuniste. Le religieux s'attendait à cette visite.

La veille, son neveu avait été intercepté par des agents du NDS en planque devant la mosquée Wazir Akbar Khan et embarqué au siège du NDS. Prévenu par son chauffeur, le *maulana* Kotak s'était abstenu de réagir, par prudence. Attendant la suite. Par le chauffeur de Nadir, il était au courant de ce qui s'était passé durant le voyage avorté vers Ghazni. Lui-même, étant sous la protection du président Karzai, n'était pas inquiet : rien ne pouvait lui arriver.

Lorsqu'il eut terminé ses salamalecs, l'agent du NDS entra dans le vif du sujet, expliquant pourquoi on avait dû emmener le neveu, Nadir, au siège du NDS où il était d'ailleurs particulièrement bien traité.

Le religieux écouta ensuite le récit de l'incident du village de Yusuf Khel et le rôle qu'avait joué l'étranger dans le meurtre du villageois. Jusqu'à ce que l'agent du NDS demande d'une voix doucereuse :

– *Maulana Sahib* connaissez-vous cet étranger que vous aviez confié à votre neveu ?

Le *maulana* Kotak hocha la tête affirmativement.

– Bien évidemment ! Il m'avait été envoyé par notre chef bien-aimé le mollah Omar.

L'homme du NDS se raidit. On entrait dans le dur. Il savait comme tout le monde que si Karzai avait « intronisé » le *maulana* Kotak, ex-ministre taliban du Vice et de la Vertu, c'était pour conserver une passerelle avec le mollah Omar. Le cas échéant. Donc, il fallait traiter cette affaire avec des pincettes…

– *Maulana Sahib*, insista-t-il, savez-vous qu'il a eu une conduite criminelle, en assassinant un villageois innocent ?

Le *maulana* Kotak écarta ses mains grassouillettes en un geste d'impuissance et reconnut :

– Je le déplore, bien évidemment.

– Pourquoi votre neveu l'accompagnait-il ?

– Cet homme m'avait demandé de l'aider à se rendre à Quetta, afin d'y rencontrer des membres de notre *Choura*. Vous savez que les Américains nous accablent de leurs amabilités. J'ai cru bon, après consultation d'un ami de la *Choura*, de lui donner satisfaction.

« Je ne pouvais évidemment pas savoir que ce voyage se terminerait de façon tragique. Cela m'étonnerait que mon neveu Nadir, qui est un homme doux et calme, soit responsable de quoique ce soit.

L'agent du NDS se récria aussitôt :

– *Maulana Sahib* rien n'implique votre neveu, qui va d'ailleurs être remis en liberté ce soir. Je voulais seulement savoir si vous aviez une idée de l'endroit où se trouve désormais cet *haridji*.

De nouveau, le *maulana* Kotak plissa ses yeux à les fermer.

– Je n'en ai aucune idée ! avoua-t-il. Je ne l'ai pas revu. Peut-être mon neveu en saurait-il plus ?

– Il nous a dit qu'il l'avait déposé hier soir en face de l'ambassade d'Iran.

Cette fois, le *maulana* Kotak exprima une véritable stupéfaction.

– Je ne lui connais pas de liens avec nos frères iraniens, affirma-t-il, mais il ne m'a pas parlé de toutes ses activités. Je ne vois pas en quoi je peux vous aider. Je dois aller prier maintenant, mais je suis à votre disposition.

« J'espère que mon neveu pourra être libéré rapidement, je suis sûr qu'il est innocent. C'est moi qui lui ai demandé de convoyer cet étranger dans une zone qui n'est pas toujours sûre.

« À cause des Talibans, justement…

C'était de l'humour noir.

L'homme du NDS n'insista pas et se leva, tendant une carte au mollah.

– *Maulana Sahib*, puis-je vous demander de me contacter si vous avez des nouvelles de cet homme ?

– Je n'y manquerai pas, assura le religieux en raccompagnant son interlocuteur.

Dès qu'il fut seul, il se lança dans la rédaction d'un message à l'attention de Quetta, relatant les derniers événements. La belle construction qu'ils avaient échafaudée avec les Américains était en train de s'écrouler. Plus fâcheux, le président Karzai risquait d'établir un lien entre les Talibans et l'attentat qui avait failli lui coûter la vie.

Ce qui n'allait pas arranger les choses.

À la fin de son message, le *maulana* Kotak rajouta une phrase soulignant que le seul lien entre le mouvement taliban et cet attentat était Malko Linge. Qui représentait donc une menace pour leur cause. Tant que Hamid Karzai était vivant, il fallait compter avec lui.

Le mieux était donc, concluait-il, d'effacer toutes traces de cette opération avortée.

Maintenant, il restait à retrouver Malko Linge. Il hésitait à l'appeler, sachant que le NDS l'avait sûrement fait mettre sur écoute. Il allait donc activer ses réseaux.

***

Nelson Berry avait quitté Pul-i-Alam vers midi, après un dernier repas de fête avec son hôte. Il roulait vers Kaboul, ayant pesé le pour et le contre : il ne pouvait rester indéfiniment dans le Logar.

On ne parlait plus de l'attentat contre Hamid Karzai. En Afghanistan, il y avait assez d'actualité quotidienne pour ne pas s'attarder sur un attentat raté qui n'avait fait qu'une victime : un des chauffeurs du président.

En roulant vers Kaboul, Nelson Berry se sentait relativement tranquille. Ayant éliminé le seul homme qui pouvait le relier à l'attentat par un témoignage, le Diegtarev 41 ne pouvant mener nulle part, il ne restait que ses liens avec Malko Linge pour, éventuellement, l'impliquer.

Bien entendu, il s'était bien gardé de lui téléphoner et avait préparé une histoire pour un interrogatoire éventuel du NDS. Malko Linge l'avait contacté pour mener auprès de la CIA des opérations dans des zones très chaudes où même l'agence américaine ne voulait pas se risquer. L'élimination de certains membres du clan Haqqani.

Intérêt : c'était invérifiable…

Il se sentait prêt à tenir tête à ses interrogateurs. Avec les *haridjis*, ils étaient moins féroces qu'avec les Afghans. Il ne lui restait que deux soucis.

D'abord, les 500 000 dollars qu'il avait avec lui. Il ne pouvait pas prendre le risque que le NDS les découvre. D'abord, il les lui volerait, ensuite, il faudrait expliquer leur provenance.

Dans son « *poppy palace* », il y avait beaucoup de cachettes, mais pas assez sûres pour résister à une perquisition sérieuse. Nelson Berry avait donc eu une idée. Il possédait dans la banlieue de Kaboul une ferme délabrée qui lui servait de stand de tir et aussi d'entrepôt. Le gardien en était un vieux *mujahid* manchot trop heureux d'être nourri et logé. Il allait dissimuler les précieux sacs parmi les stocks d'armes.

Là, personne ne viendrait les chercher. En plus, le vieux *mujahid* savait encore manier une kalach et était craint dans le voisinage. Même si le NDS cueillait Nelson Berry à son arrivée, il serait « *clean* ».

Ensuite, il ne lui resterait plus qu'à retrouver Malko Linge.

Si celui-ci avait quitté l'Afghanistan, le problème était réglé. Si ce n'était pas le cas, le mieux serait de le liquider discrètement. Comme il l'avait fait avec son informateur. Ensuite, il pourrait dormir tranquille.

CHAPITRE X

Malko composa le numéro de Clayton Luger à 6 h 30 exactement. Ce qui faisait 9 h du matin à Washington. Le n° 2 de la CIA arrivant à son bureau vers huit heures, il avait eu le temps d'éplucher ses premiers dossiers. Habitant McLean, en Virginie, tout près de Langley, Clayton Luger mettait un point d'honneur à inaugurer parmi les premiers le parking mauve de la CIA.

– *Yes* !

La voix de l'Américain envoya un jet d'adrénaline dans les artères de Malko.

– Clayton, dit-il, c'est moi, Malko.

Il y eut quelques instants de silence puis une question sèche :

– Où êtes-vous ?

– À Kaboul.

– Où, à Kaboul ?

– À la Station. Je vous appelle d'une ligne sécurisée.

La précision sembla rassurer l'Américain, qui enchaîna :

– Je ne vous ai pas parlé depuis longtemps. Que s'est-il passé ?

– Un contretemps, affirma Malko, que je n'ai pas encore tiré au clair.

– Cela n'a plus d'importance, trancha Clayton Luger, on ne va pas recommencer…

– C'était votre idée, releva Malko.

Le n° 2 de la CIA ne discuta pas, enchaînant :

– Karzai est dans une rage folle. On a des échos très négatifs. Il veut votre peau…

– Comment m'a-t-il relié à cette affaire ? demanda Malko.

– À cause d'un salaud dont je ne dirai pas le nom au téléphone, trancha aigrement l'Américain. Il a été d'autant plus furieux qu'on lui avait fait passer le message que tout était annulé. Le président est hors de lui. On va être obligé de négocier sur certains points avec lui et cette histoire est une catastrophe. Il faut qu'on trouve une solution pour arranger les choses.

– Vous voulez que je me livre ? suggéra Malko, pince-sans-rire.

– *Don't bullshit me* [1], grommela Clayton Luger. Il faut arranger les bidons, qu'on soit de nouveau copains. Même si cela n'empêche pas les sentiments. En tout cas, c'est une belle merde.

« Vous avez des nouvelles de l'autre ? *The man behind the gun* [2] ?

– Aucune, affirma Malko, il est dans la nature. Je ne pense pas qu'il ait été arrêté, Karzai l'aurait cloué au pilori. À cause de ses liens avec vous.

1. Ne vous foutez pas de ma gueule !
2. L'homme qui a tiré.

« Vous pouvez en tout cas transmettre une bonne nouvelle à votre ami John.

– Une bonne nouvelle ? Je ne vois pas laquelle.

– Cet échec est une chance pour nous, dit Malko. Vos amis talibans avaient l'intention de vous doubler. Votre accord avait bien pour but de les calmer ?

– Oui, pourquoi ?

– Figurez vous qu'ils s'étaient préparés à mettre Kaboul à feu et à sang, si Karzai avait disparu ! Plusieurs groupes combattants avaient été regroupés secrètement dans la ville. Évidemment, on ne peut pas savoir ce qui se serait passé, mais ils avaient bien l'intention de tenter un coup de force…

Il y eut un long silence, puis Clayton Luger demanda :

– Comment savez-vous cela ?

– Votre COS [1] d'ici va vous envoyer demain un rapport complet basé sur les analyses du NDS. Dans la pagaïe qui aurait suivi la mort de Karzai, tout aurait pu arriver. Les seuls à s'y attendre étaient vos « alliés ». Ils voulaient vous baiser sur toute la ligne. Vous faisiez le boulot à leur place et ils tiraient les marrons du feu.

– Vous êtes sûr de ce que vous dites ?

Visiblement, l'Américain n'en revenait pas. Il n'était pas encore habitué à l'Orient.

– Demandez à Warren Muffet !, dit Malko. On a donc échappé à une catastrophe….

1. Chief of Station.

– Grâce à vous ! fit, un peu grinçant, le n° 2 de la CIA.

– Grâce à la chance, corrigea Malko. Maintenant que faisons-nous ?

– L'Agence vous a recueilli officiellement ? demanda l'Américain.

– Non, assura Malko, je suis ici incognito, mais je n'ai pas l'intention d'y croupir. Warren Muffet m'a proposé de m'exfiltrer par Bagram et Dubaï. C'est peut-être le plus sûr. Je ne peux plus me montrer dans Kaboul. Le NDS me traque. Je pense que ce serait maladroit de tomber entre leurs mains…

– Pas question ! sursauta Clayton Luger. Mais pas question non plus que vous quittiez Kaboul !

– Pourquoi ?

– Je vous l'ai dit, nous travaillons à un plan B. On ne veut toujours pas de Karzai, mais il faut faire patte de velours.

– Ça va être difficile, remarqua Malko. Il avait gobé votre excuse.

– Je sais. OK. J'ai l'intention de venir dans les jours qui viennent. Le président veut qu'on mette un point final à cette affaire et j'aurai besoin de vous. Surtout, gardez profil bas en attendant !

– Je n'ai pas vraiment le choix, assura Malko avant de raccrocher.

Lorsqu'il sortit de la salle du chiffre, il était perplexe. Que voulaient exactement les Américains ?

En regagnant le bureau de Warren Muffet, il vit immédiatement à l'expression de son visage que quelque chose n'allait pas.

– J'ai de mauvaises nouvelles, annonça le chef de Station de la CIA.

– Me concernant ? demanda Malko.

– Oui. Je viens de recevoir un message du n° 2 du NDS. Officiellement neutre. Me demandant si je savais où vous joindre, car le NDS a ouvert une information contre vous pour le meurtre d'un villageois dans les environ de Ghazni. Il y aurait des témoins. Qu'est-ce que c'est que cette histoire ?

– Je n'ai pas eu le temps de vous en parler tout à l'heure, reconnut Malko. Hélas, c'est vrai.

L'Américain écouta son récit en silence et conclut :

– C'est fâcheux. Très fâcheux. Bien entendu, j'ai prétendu que je n'avais aucune nouvelle de vous, mais je suis obligé d'en référer à Langley. Je suivrai leurs instructions.

Visiblement, il se lavait les mains du sort de Malko. Celui-ci esquissa un sourire amer.

– Bref, je suis assigné à résidence ici…

– Il ne faut pas dire cela comme ça, protesta l'Américain. Ici, vous êtes en sécurité.

Malko ne se faisait aucune illusion : les Afghans se servaient du prétexte du villageois abattu par lui pour être à même de l'interroger sur le VRAI problème : l'attentat contre Karzai.

Pour l'instant, il était coincé. Un comble après les risques qu'il avait pris pour plaire au *Security Advisor* de la Maison Blanche ! Le monde du renseignement était impitoyable, broyant les individus comme dans une meule. Il aurait dû le savoir, mais se laissait chaque fois surprendre.

***

Parviz Bamyan relisait l'interrogatoire du neveu du *maulana* Kotak, impliquant Malko dans le meurtre du villageois. La preuve que les Talibans avaient cessé de soutenir Malko Linge. Ils savaient ne pas franchir la ligne rouge…

Un secrétaire vint déposer un court rapport sur son bureau. Il le lut et étouffa un juron.

Un informateur du NDS à l'hôtel Gandamack signalait qu'un *haridji* avait passé la nuit avec une cliente de l'hôtel, une Américaine nommée Alicia Burton, journaliste très liée à la CIA. Cet inconnu avait quitté l'hôtel en sa compagnie dans sa voiture le matin. Grâce à la plaque d'immatriculation, on était certain qu'ils s'étaient rendus à l'hôtel Ariana, siège de la CIA.

Donc, Warren Muffet lui avait menti.

Seule consolation, il savait désormais où se trouvait Malko Linge : dans une autre planète. Inaccessible. Seulement, le mensonge de Warren Muffet le mettait en position de force vis-à-vis des Américains : Malko était inculpé de meurtre… Immédiatement, il rédigea un rapport à l'intention de la présidence. Voilà qui n'allait pas arranger l'humeur du président Karzai.

Enfin, les Afghans détenaient une preuve de la protection apportée à Malko Linge par la CIA.

Il avait du mal à croire qu'elle ne soit pas au courant de son implication dans l'attentat contre le président.

Ce qui donnait une arme politique formidable à Karzai contre les Américains.

Évidemment, l'idéal serait des aveux circonstanciés de Malko Linge. Hélas, on n'en était pas encore là.

***

Nelson Berry remarqua immédiatement la vieille Corolla verte avec deux hommes à bord stationnée au coin de Sherpour Street et de la rue 15 où se trouvait son « *poppy palace* ». Il observa les deux hommes tandis que les vigiles ouvraient son portail. Ils ne bronchèrent pas.

Ils n'avaient pas encore d'ordres.

Le Sud-Africain se sentait plus tranquille. Deux heures plus tôt, il avait déposé son trésor dans sa ferme et l'avait dissimulé dans une cache creusée dans le sol, sur laquelle se trouvaient des caisses de munitions. Son vieux gardien n'y avait vu que du feu. Il gagna son bureau, alluma son ordinateur et donna quelques coups de fil. Willie et Rufus, eux, étaient en train de décharger la voiture.

Rien ne se passa pendant deux heures.

Puis, il entendit un coup de klaxon et presque aussitôt, Darius Gul, le chauffeur débarqua dans son bureau.

– Un homme veut vous voir, annonça-t-il.

– Qui ?

– Il dit qu'il est le général Abdul Razzik, du ministère de l'Intérieur. Il a une Land Cruiser blanche immatriculée : 13 Kaboul Police.

– Fais-le entrer !, dit Nelson Berry et sers-nous du thé.

Le général Abdul Razzik, conseiller spécial du ministre de l'Intérieur, était une personnalité respectée, membre d'une grande famille et aussi proche de Karzai. Le Sud-Africain s'attendait au pire… Il eut un choc quand il constata que le général Razzik était en uniforme, donc en mission officielle. Les deux hommes s'étaient rencontrés à plusieurs reprises et tombèrent dans les bas l'un de l'autre pour les salamalecs habituels.

Ensuite, autour du sempiternel thé, on passa aux choses sérieuses.

– Il paraît que tu reviens du Logar, remarqua le général, qui avait d'excellentes sources d'information.

– Absolument, confirma Nelson Berry. J'étais à Pul-i-Alam pour rendre service à un ami…

– Je sais, compléta en souriant le général Razzik.

Le Sud-Africain ne chercha même pas à esquiver.

– Oui, confirma-t-il. C'est le moment de la récolte. Baler Khan Salal avait une importante transaction et voulait que je la sécurise. Il n'était pas sûr de ses partenaires. Ça m'a fait gagner un peu d'argent. Les affaires sont difficiles en ce moment.

Le général hocha la tête, compréhensif.

– Rassure-toi ! ce n'est pas le motif de ma visite.

En Afghanistan, personne ne s'attaquait au trafic d'opium ou d'héroïne, sujet trop sensible. Il rapportait environ trois milliards de dollars par an, dont plus de sept cent millions allaient aux cultivateurs de pavot. On n'allait pas bouleverser l'économie du pays.

– Que puis-je faire pour vous général ? demanda le Sud-Africain.

– Tu connais un homme appelé Malko Linge ?

On y était.

– Un peu, reconnut Nelson Berry. Il est venu me voir à plusieurs reprises. Vous savez que c'est un opérationnel de la CIA. Il voulait savoir si je collaborerais à certaines opérations grises dans des coins pourris pour éliminer des commandants talibans.

« J'ai refusé, ce n'était pas assez bien payé et trop dangereux.

– Tu as eu raison, approuva le général afghan, il ne faut pas se mêler des problèmes entre les Américains et les Talibans. Sais-tu où se trouve cet homme actuellement ?

– Pas la moindre idée, reconnut avec sincérité le Sud-Africain. Je ne sais même pas s'il se trouve encore à Kaboul. Mais j'ai son numéro de portable.

– Nous l'avons aussi, assura le général, mais il ne répond pas.

– Pourquoi cet homme vous intéresse-t-il ? demanda Nelson Berry d'une voix égale.

Le général baissa la voix.

– Tu te souviens de l'attentat contre le président Karzai ?

« Nous avons des indices qui nous font croire qu'il peut y être mêlé.

Le Sud-Africain se crut obligé de protester.

– Mais il travaille avec la CIA ! Les Américains ne veulent pas assassiner le président, qui est leur allié.

Le général Razzik sourit dans sa moustache.

– Je ne peux pas tout te dire. Nos soupçons sont sérieux.

« Je vais être brutal : peux-tu nous aider à retrouver cet homme, s'il se trouve encore à Kaboul ?

Il fixait Nelson Berry de ses bons gros yeux, comme un grand-père tranquille, avec ses cheveux blancs.

Le Sud-Africain n'hésita pas.

– Si je peux vous rendre service, général, ce sera avec plaisir.

« Vos services ont toujours été corrects avec moi.

C'est le ministère de l'Intérieur qui délivrait les permis de port d'armes. D'un trait de plume, le général Razzik pouvait mettre Nelson Berry au chômage…

– Je sais que tu es un homme de ressources, conclut le général. Évidemment, nous te serions extrêmement reconnaissants de ton aide…

Il tira une carte de sa poche et se mit à griffonner dessus avant de la tendre à son interlocuteur.

– Voici les numéros de mes quatre portables, dit-il. J'ai souligné celui auquel je réponds toujours. J'espère avoir bientôt de tes nouvelles.

Nelson Berry avait compris : on lui échangeait sa tranquillité contre Malko. Lui n'intéressait pas les Afghans. Un simple prestataire de service. Même si le général était persuadé qu'il était mêlé à l'attentat, on faisait une croix dessus. Malko, c'était différent : il menait droit à la Maison Blanche. Un autre enjeu politique.

Le Sud-Africain raccompagna le général jusqu'à sa Land Cruiser devant laquelle veillait un vieillard à la barbe en éventail, haut comme trois pommes, kalach en bandoulière.

– C'est mon garde du corps ! expliqua le général Razzik. Un ancien chef taliban. Il s'était reconverti dans la ferme, mais s'ennuyait. Je suis très content de lui…

La Land Cruiser émergea dans la rue 15 et Nelson Berry adressa un dernier salut au général. Se disant qu'il avait intérêt à retrouver Malko *avant* les Afghans. Pour le faire taire définitivement.

CHAPITRE XI

Malko avait passé sa première nuit dans la chambre de l'hôtel Ariana, sobre comme une chambre d'hôpital. Il était ensuite descendu à la cafeteria prendre son *breakfast* et allait remonter quand il vit surgir Warren Muffet.

L'Américain le rejoignit à sa table.

– *Big news* ! annonça-t-il. Clayton Luger arrive demain. Voyage privé, secret. Il a demandé à vous rencontrer dès son arrivée. Il vient dans un jet de l'Agence.

Pour que le n° 2 de la CIA se déplace, il fallait un motif sérieux. Alors qu'il aurait été si simple d'exfiltrer Malko par l'aéroport de Bagram…

– Il va loger ici ? demanda-t-il.

Warren Muffet lui lança un regard de reproche.

– Non, bien sûr, il va à l'ambassade. Je vous préviendrai dès qu'il sera là. Je vais vous emmener au PX [1] de l'ambassade pour que vous puissiez vous acheter de quoi survivre.

1. Magasin.

– Tout ce que je possède est au Serena, soupira Malko. Il n'y a pas moyen de le récupérer ?

– Pas pour le moment, répliqua sèchement l'Américain. Autant déployer une banderole devant l'hôtel annonçant que vous êtes ici !

Malko terminait son café lorsque son portable s'alluma.

Il sentit une brutale poussée d'adrénaline en voyant le numéro qui s'affichait : celui de Nelson Berry !

Il laissa sonner. Perplexe. Pourquoi le Sud-Africain l'appelait-il ? C'était prendre vis-à-vis des Afghans un risque considérable puisque Malko était soupçonné de l'attentat contre le président Karzai. Celui-ci se dit qu'il allait attendre un peu pour reprendre contact avec le Sud-Africain. De toute façon, il ne voulait pas utiliser son portable ; les Afghans, grâce au GPS, pourraient le localiser et découvrir qu'il se trouvait dans les locaux de la CIA.

Il lui fallait un autre portable. Cela allait faire partie des achats.

***

Le *maulana* Mousa Kotak accueillit son visiteur avec tout le respect qui lui était dû. Hadj Mohammad Himmat, un des membres de la *Choura* de Quetta, un proche du mollah Omar. Lui aussi bénéficiait d'une immunité de fait sur le territoire afghan, étant parfois amené à porter des messages secrets à la présidence. Tout en étant un adversaire farouche d'Hamid Karzai.

– As-tu fait bon voyage, mon frère ? demanda-t-il en l'installant pour la cérémonie du thé.

– Allah était de notre côté, fit l'envoyé spécial du mollah Omar, nous n'avons pas crevé et nous n'avons été arrêtés à aucun barrage. Mais c'est quand même un long voyage.

– Amènes-tu de bonnes nouvelles ?

– Une lettre à ton intention du mollah Mansour.

Il fouilla dans la poche de sa longue *camiz* et en sortit un pli roulé qu'il tendit au *maulana* Kotak. Celui-ci le prit avec respect, le posa sur la table et reprit la conversation. Il savait que c'était la réponse à la question qu'il avait posée. Les deux hommes bavardèrent un petit moment puis le visiteur demanda la permission de s'esquiver pour prendre un peu de repos. Le *maulana* ne lui demanda pas où il allait. Le mouvement taliban était extrêmement cloisonné, par sécurité.

Lorsqu'il fut seul, il déplia le rouleau. La lettre était écrite à la main, en beaux caractères, mais très courte. Un texte concis : *« Il importe que rien ne subsiste de nos intentions, si Allah le veut. »*

Le *maulana* Kotak se dit qu'Allah le voudrait puisqu'il était *forcément* de leur côté. Il ne lui restait plus qu'à organiser l'élimination physique de Malko Linge, sans qu'on puisse l'en accuser. Avant tout, il fallait le retrouver et ce n'était pas le plus simple.

***

Nelson Berry échangea un regard prolongé avec la serveuse kirghize du Boccaccio qui lui apportait sa pizza. Un regard intense où la jeune femme mit beaucoup d'elle-même. Si elle avait un passeport kirghize, elle était totalement russe, avec ses grands yeux gris et sa silhouette légèrement empâtée. Serrée dans un haut plutôt moulant et une minijupe s'arrêtant sur ses collants noirs. Bandante.

Il n'y avait qu'ici qu'on trouvait des filles comme ça. Le patron, une crapule notoire, arrosait la police pour avoir la paix. Tout Kaboul savait que chez lui, on servait tous les alcools de la terre et que les filles étaient des serveuses « montantes ». Elles étaient trois à se relayer, toujours dans des tenues sexy, ne pratiquant leur commerce qu'avec les expats.

Parfois, une tablée d'Afghans débarquait. Rien que des hommes. Ils bâfraient, buvaient et partaient sans que personne ait pensé à leur présenter l'addition. L'état-major de la police de Kaboul. Ce soir, comme toujours, le restaurant était plein, avec pas mal d'Afghans qui ne pouvaient s'empêcher de loucher sur ces filles désirables qu'on ne trouvait qu'ici. Nelson Berry se sentait bien. La visite du général Razzik l'avait ragaillardi. C'était bon de ne pas être angoissé, de ne pas s'attendre à se faire embarquer pour un oui ou pour un non. Il avait passé un deal non écrit qui le protégeait pour l'instant. Évidemment, il avait à remplir sa part du contrat : retrouver Malko et, surtout faire avaler aux Afghans qu'ils récupéraient un mort. Ça, ce serait plus difficile parce Malko, mort, ne valait pas un afghani à leurs yeux. Seulement, vivant, il représentait un danger immédiat pour Nelson Berry. Celui-ci savait bien qu'on ne résistait pas aux interrogatoires du NDS auquel serait transféré le prisonnier en cas de capture.

Pour l'instant, il devait reprendre contact. Malko, désormais, savait que le Sud-Africain voulait le joindre. Déjà, qu'il réponde serait un grand bond en avant.

La serveuse, Mariana – pas vraiment un prénom kirghize – apportait l'addition. Avec toujours son sourire impavide. Et ce regard accrocheur. Nelson Berry lui adressa un sourire complice.

– Tu finis tard, aujourd'hui ? lui demanda-t-il en russe.

– Non, mais je suis fatiguée, fit la fille, un peu déhanchée dans une position qui faisait saillir sa poitrine. Le Sud-Africain sentit sa libido, déjà allumée par la bière, se réveiller complètement. Certes, le jeune danseur de Pul-i-Alam lui avait procuré du plaisir, mais ce n'était pas une femme. Espèce rare à Kaboul.

– 200, proposa Nelson Berry à voix basse.

Deux cents dollars, dix mille afghanis, une somme énorme. La jeune femme demeura les yeux baissés, impassibles. Sentant le désir de ce type jeune et costaud.

– Non, fit-elle, je suis fatiguée.

Brutalement, Nelson Berry eut très envie d'elle. Il posa trois doigts à plat sur la table. Après tout, il ne faisait qu'écorner légèrement ses 500 000 dollars. Cette fois, la serveuse laissa tomber quelques mots en russe : *« Dans le terrain, au bout de l'impasse. Dans un quart d'heure. »* Ensuite, elle s'enfuit avec l'addition.

Rasséréné, Nelson Berry gagna tranquillement la sortie, traversa le petit jardin et remonta dans sa Land Cruiser. Il n'avait pas pris Darius et c'était une bonne idée. Une fois au volant, au lieu de partir sur la gauche pour sortir de l'impasse, il continua à droite, arrivant devant l'entrée d'un terrain vague qui servait de parking le jour et y pénétra, se garant pour être prêt à repartir.

Prudent, il prit son pistolet glissé dans sa botte et le coinça dans la console centrale, une balle dans le canon. Il y avait quand même des malfaisants à Kaboul et tout le monde savait que le Boccaccio était fréquenté par des expats friqués.

Mariana surgit vingt minutes plus tard et s'installa directement sur la banquette arrière. Le Sud-Africain fit le tour pour venir la rejoindre, lui empoignant aussitôt les seins. Sensation délicieuse.

La Kirghize se raidit et dit d'une voix douce.

– *Valuta*[1].

Nelson Berry sortit trois billets de cent dollars de sa liasse et les tendit à la jeune femme qui les glissa immédiatement dans sa botte droite.

1. Le fric.

Aussitôt détendue.

Nelson Berry posa la main sur son genou et constata qu'elle avait ôté ses collants. La jupe était si courte qu'il put arriver sans difficulté à son entrejambe, sans rencontrer le moindre obstacle. Elle n'avait pas mis de culotte.

Pendant qu'il s'excitait à la caresser sur toutes les coutures, Mariana demanda :

– Comment veux-tu ?

– Comme ça, fit le Sud-Africain en la prenant par les hanches pour la faire s'agenouiller sur la banquette, le visage collé à une des portières. Heureusement, la voiture était assez grande pour permettre ce genre de fantaisie.

À peine fut elle en position que Nelson Berry descendit son zip, écarta son caleçon, faisant jaillir un sexe déjà raide comme un manche de pioche. La vue de la jeune femme évoluant devant lui toute la soirée l'avait chauffé à blanc. Il releva la mini sur les hanches, découvrit des fesses quand même agréables à regarder. Accrochée à la portière, Mariana attendait.

Le choc du sexe dévastant son ventre la fit toutefois sursauter.

Nelson Berry avait des proportions importantes et n'était pas axé sur la douceur. En deux coups de reins, il eut pénétré la jeune pute jusqu'à la garde. Agenouillé lui aussi, les pieds coincés contre l'autre portière, il se mit à la besogner de toute sa vigueur.

La Land Cruiser en tremblait.

La tête de la jeune femme cognait contre la glace blindée et son partenaire poussait des « *han* » de bûcheron. Maintenant, il coulissait bien et s'en donnait à cœur joie.

Hélas, les meilleures choses ont une fin. D'un ultime coup de reins, il se vida en elle, les doigts crispés sur ses hanches. Polie, la Kirghize attendit un délai décent pour se dégager.

– *Spasiba* [1], dit-elle, c'était très bien.

Sa voix avait une indifférence totale, mais Nelson Berry s'en moquait. C'était vraiment une journée faste. Ils sortirent ensemble de la Land Cruiser, Mariana repartant vers le Boccaccio et le Sud-Africain se remettant au volant.

***

– Mister Luger est dans mon bureau, annonça Warren Muffet à Malko, qui utilisait un nouveau portable aussi sécurisé que l'ancien.

– Je descends, dit ce dernier.

Cela faisait une heure qu'il attendait dans sa chambre et il commençait à trouver le temps long. Lorsqu'il pénétra dans le bureau du chef de Station, il découvrit le n° 2 de la CIA installé dans le grand canapé de cuir, les traits fripés et l'œil éteint. 14 000 kilomètres de voyage, cela secoue un homme.

Clayton Luger esquissa un sourire pour l'accueillir et annonça :

1. Merci.

– Je meurs de faim ! On va aller déjeuner.

Il avait dû prendre une douche et se raser, parce qu'il était presque frais.

– J'ai retenu la salle à manger de l'ambassade, annonça Warren Muffet.

Il n'y avait que quelques centaines de mètres à parcourir, hérissés de check-point, mais ils mirent près de vingt minutes. Là, il n'y avait plus d'Afghans. Seulement des Américains et quelques Gurkhas derrière leurs gilets pare-balles.

La salle à manger donnait sur le jardin, les fenêtres protégées par des filets, à cause des grenades. Un *marine* les servit et il y avait du bordeaux. La conversation se déroula, sans grand intérêt, roulant sur la difficulté éprouvée par les Américains pour rapatrier leur matériel à travers le Pakistan. Une opération qui coûtait 150 millions de dollars par mois. Visiblement, Clayton Luger attendait d'être seul avec Malko pour se lâcher.

À peine le café terminé, Warren Muffet s'esquiva, après les avoir installés dans le salon de l'ambassadeur, absent de Kaboul pour plusieurs jours. Dès que la porte fut refermée sur le chef de Station, les traits de Clayton Luger se dégelèrent et il adressa un chaleureux sourire à Malko.

– Je suis content de vous voir ! On a beaucoup craint pour vous. D'abord, que s'est-il passé ?

– Je n'en sais rien avoua Malko. Je n'ai pas revu Nelson Berry depuis le jour de l'attentat. Je sais qu'il a frappé la mauvaise voiture, qu'il n'a pas été pris et que les Afghans accusent les Talibans. Il m'a appelé hier, mais je ne l'ai pas pris. J'attendais de vous voir.

– Vous avez bien fait, approuva Clayton Luger. Nous sommes dans la merde et le président a décidé d'en sortir. Ce n'est, bien sûr, pas de votre faute. Peut-être de la faute de personne, mais il faut désamorcer la situation. Avec John Mulligan, nous avons arrêté un plan de sortie de crise.

« D'abord, John Mulligan vous remercie. Il a lu le rapport envoyé par Warren Muffet. Ces enfoirés de Talibans semblent avoir voulu nous baiser. *Anyway*, c'est du passé, on réglera les comptes après. Aujourd'hui, mon voyage ici a un seul objectif : faire la paix avec le Président Karzai.

– Ça ne va pas être facile, remarqua Malko.

– J'arrive la corde au cou, reconnut le n° 2 de la CIA. Mais il n'y a pas d'autre solution. Voilà ce que nous avons construit comme approche.

« J'ai rendez-vous demain matin avec le directeur de cabinet de Karzai. Hadj Ali Kalmar. Je n'y vais pas seul. Jason Forest m'accompagne. Il a été briefé par Mark Spider, qui lui-même, l'a été par John Mulligan. Il esquissa un sourire amer. C'est ma caution.

– Qu'est-ce que vous allez leur dire ? demanda Malko, intrigué par cet étrange voyage.

– Une *partie* de la vérité, lâcha Clayton Luger. Qu'un groupe extrémiste, je ne préciserai pas lequel, a convaincu la Maison Blanche qu'il fallait éliminer le président Karzai pour la sécurité de l'Amérique.

– Vous allez parler des Talibans ?

– *Hell ! No !*

« C'est une affaire intérieure américaine.

– Et ensuite ?

– Après un temps de réflexion, on a décidé d'annuler cette opération. Ce qui explique la seconde réunion du Conseil sur l'Afghanistan. Seulement le coup était parti… Heureusement, il n'y a pas eu de conséquences. Bien entendu, je vais m'excuser platement et proposer au président un accord sur le maintien de quelques troupes en Afghanistan pour le protéger.

Malko secoua la tête.

– Vous croyez que les Afghans vont avaler ça ?

Clayton Luger soupira.

– Je vais prendre une double dose de Prozac…

– Je vous souhaite bonne chance, dit Malko. Et moi, qu'est-ce que je deviens ?

– On en parlera plus tard, trancha l'Américain. Il faut d'abord que je fasse la paix.

– Les Afghans vont vous demander une compensation, avança Malko. Ils sont en position de force.

Clayton Luger balaya l'objection.

– Si c'est de l'argent, on en a. Si c'est de rompre avec les Talibans, on le fera. Maintenant qu'on sait qu'ils voulaient nous baiser, il y a moins de regrets…

Il se tut et alluma une cigarette. Dans le calme propret du salon de l'ambassadeur des États-Unis, cette conversation était surréaliste.

– Bon, conclut l'Américain, je vais me reposer. J'ai besoin d'une bonne nuit de sommeil.

« À demain !

***

La Land Cruiser blanche blindée jusqu'aux ongles arborant le pavillon américain sur son aile gauche s'arrêta au premier barrage après le rond-point Massoud. Une longue avenue rectiligne coupée de trois autres check-points filait devant eux. On se trouvait dans la « *green zone* », abritant le palais d'Hamid Karzai et ses dépendances.

Une jeune Afghane à lunettes attendait au check-point et grimpa dans la Land Cruiser à côté de Clayton Luger.

– Je suis Mariam Azibullah, annonça-t-elle, je suis chargée de vous conduire à Hadj Ali Kalmar.

Ils franchirent encore trois check-points, tous plus tatillons les uns que les autres, en dépit de la présence de la collaboratrice de Karzai. À la fin de la grande allée, il y avait un rond-point, puis une autre avenue, cette fois sans check-points, qui les mena en face d'une sorte de château fort, avec des remparts, une tour où flottait le drapeau afghan, trouée d'une ouverture pour laisser passer les véhicules.

– On va descendre ici, annonça la jeune femme, aucun véhicule n'est admis plus loin.

À droite de l'entrée, il y avait un portail magnétique sous lequel ils passèrent. Poliment, un militaire fouilla quand même Clayton Luger, le n° 2 de la CIA… Ensuite, ils débouchèrent sur une immense esplanade, digne du château de Versailles, et la jeune femme indiqua d'une voix pétrie de respect, en désignant un alignement de bâtiments à gauche :

– C'est là que vit le président Karzai.

Eux prirent à droite pour gagner des immeubles symétriques : Partout des hommes en arme. Ils gravirent un perron, puis un escalier et la « guide » installa l'Américain dans un petit bureau cossu avec un plateau de thé, avant de s'esquiver.

Clayton Luger attendit près de vingt minutes avant que la porte ne s'ouvre sur un jeune homme à lunettes, en costume européen. Sans le moindre sourire, il tendit la main à l'Américain et l'invita à s'asseoir.

Son visage semblait ciselé dans de la glace et on avait du mal à saisir son regard. Il y eut quelques instants de silence puis Clayton Luger prit son courage à deux mains.

– J'ai fait le voyage de Washington pour avoir une explication franche avec vous ! annonça-t-il. Je crois qu'il existe un sérieux malentendu entre nos deux pays.

Hadj Ali Kalmar ne broncha pas, lançant un regard acéré à son interlocuteur. Dans un anglais parfait, il laissa tomber :

– J'espère que vous êtes venu avec de très bonnes intentions, car vous avez beaucoup à vous faire pardonner. Je ne vous cacherai pas que j'ai dû insister auprès du président pour vous recevoir. Je pense que jamais les relations entre nos deux pays n'ont été aussi… il hésita sur le mot, endommagées.

Clayton Luger baissa la tête. Il s'était attendu à un accueil glacial, il n'était pas déçu… Voyant son air déconfit, l'Afghan mit un peu d'eau dans son vin.

– Il y a un proverbe afghan qui dit que le beau temps succède toujours à la tempête. Je vous écoute.

***

– Clayton Luger veut vous voir dans mon bureau à six heures, annonça Warren Muffet à Malko. Je vous laisserai tous les deux, car je crois qu'il a pas mal de choses à vous dire.

Il était cinq heures et demi et Malko n'avait plus entendu parler du n° 2 de la CIA depuis leur conversation de la veille. Il savait seulement qu'il s'était rendu au palais et qu'il avait rencontré le bras droit de Karzai. Depuis, l'Américain était resté retranché à l'ambassade.

Lorsqu'il débarqua dans le bureau de Warren Muffet, Clayton Luger était déjà là. Il avait meilleure mine que la veille mais de grandes poches sous les yeux. Il salua Malko avec une chaleur un peu affectée. Warren Muffet avait déjà la main sur le bouton de la porte.

– Nous pourrions dîner tous les trois ? proposa-t-il sans conviction.

Clayton Luger, perdu dans ses pensées, ne lui répondit même pas. Levant les yeux sur Malko.

– Vous voulez les bonnes ou les mauvaises nouvelles d'abord ? demanda-t-il d'une voix terne.

– Les mauvaises, bien sûr, dit Malko.

L'Américain hocha la tête.

– Je crois que je vais être obligé de vous demander quelque chose de très désagréable.

CHAPITRE XII

Pendant quelques instants, Malko se demanda, angoissé, ce que Clayton Luger pouvait lui imposer de si désagréable. À part se constituer prisonnier auprès des autorités afghanes. Sa mission tournait au cauchemar. Désormais, même ses sponsors se retournaient contre lui…

– Je vous écoute, dit-il.

Clayton Luger prit son souffle et annonça d'abord :

– Je viens de passer l'heure la plus désagréable de ma vie ! Dans un premier temps, mon interlocuteur m'a menacé de rendre publique toute l'affaire du complot monté par la CIA pour assassiner le président d'un pays en principe ami.

« Potentiellement dévastateur, car les Afghans possèdent des éléments concrets, comme votre nom et celui de Nelson Berry. Ils ont aussi le dossier du villageois assassiné, ce qui aggrave les « charges » contre vous. Qui cherchiez à fuir le pays après votre forfait. Le témoignage du neveu du *maulana* Kotak vous accable : vous cherchiez à gagner Quetta clandestinement, recherché par les autorités afghanes.

Malko bouillait.

– Vous savez bien que c'était pour *vous* éviter des problèmes, rétorqua-t-il. J'aurais pu facilement me réfugier à l'hôtel Ariana, seulement, je n'ai pas voulu impliquer la CIA dans cette affaire.

– Ça a été inutile, mais je vous en remercie, reconnut Clayton Luger. C'est dépassé. Je vous épargne le reste de la discussion. Il s'est laissé convaincre qu'une confrontation frontale serait dommageable pour les deux pays.

« Alors, il est passé à son plan B.

« Il a demandé votre tête...

– C'est ça, les « choses désagréables » ? demanda Malko, quand même perturbé.

On était dans une affaire d'État où les individualités ne comptaient pas beaucoup. Clayton Luge le détrompa aussitôt.

– J'ai dit « non » tout de suite. Expliquant que vous n'aviez fait qu'obéir aux ordres – les miens – que vous étiez un « *asset*[1] » de l'Agence et qu'il n'était pas question de vous livrer aux Afghans. Ce n'était pas négociable.

« Sachant que vous étiez ici, sous notre protection et que nous pouvions vous exfiltrer par Bagram, il n'a pas trop insisté.

– Donc, souligna Malko, je suis tiré d'affaires...

Clayton Luger eut un geste prudent.

– Attendez, ce n'est pas si simple ! À son tour, Hadj Ali Kalmar m'a exposé sa « ligne rouge ». Directe-

1. Élément important.

ment inspiré par le président Karzai lui-même. Là aussi, quelque chose de non négociable.

« Le président Karzai est prêt à passer l'éponge sur nos « turpitudes » à une condition : selon la tradition afghane, il faut payer le prix du sang.

– Celui du chauffeur tué dans l'attentat ? avança Malko. Cela ne devrait pas poser de problème…

L'Américain secoua la tête.

– Non, celui-là, on n'en a même pas parlé.

– Quoi alors.

– Le prix du sang, continua le n° 2 de la CIA, c'est celui qui a commis l'attentat, *the man behind the gun*.

– Nelson Berry ?

« Oui. Ils le veulent pour avoir un résultat à montrer au peuple afghan. Un mercenaire acheté par un groupe ennemi – on pourra citer les Talibans – pour éliminer le président Karzai.

– Je comprends, dit Malko, mais quel est mon rôle, dans tout cela ?

– Vous êtes le seul à avoir le contact avec Nelson Berry. C'est à vous de le convaincre de se rendre et d'avouer son crime.

Malko eut un haut-le-corps.

– Mais, c'est dégueulasse ! C'est *moi* qui l'ai embarqué dans cette histoire. Avec *votre* argent. Vous me demandez de le trahir…

– Ce n'est pas une trahison, argumenta Clayton Luger. Jadis, au Vietnam on a demandé à des officiers d'abandonner leurs soldats qui se trouvaient en zone viêt-công pour des raisons diplomatiques. Les vouant à la captivité ou à la mort. C'était l'intérêt national du pays.

– Certains officiers se sont suicidés, remarqua Malko. J'ai réussi, au cours des années pendant lesquelles j'ai servi l'Agence, à conserver un minimum d'éthique. Ce n'est pas pour l'abandonner maintenant.

– Je ne vous demande pas de vous suicider ou d'abandonner vos valeurs, rétorqua l'Américain.

– En plus rétorqua Malko, la première chose que ferait Nelson Berry, s'il est arrêté, serait de se défausser sur moi. Il peut prouver que je lui ai donné de l'argent. Votre plan est amoral et idiot.

Pour la première fois depuis le début de la conversation, un pâle sourire illumina le visage de l'Américain.

– Nous sommes en Afghanistan, souligna-t-il. Tout cela est un jeu de rôle. Ce que Karzai veut démontrer, c'est que les Talibans ont essayé de se débarrasser de lui. C'est dans ce sens que Nelson Berry répondra à ses interrogateurs.

– Il sera bien obligé de parler de moi.

– Bien sûr, comme d'un intermédiaire entre les Talibans et nous. Il prétendra ignorer, *qui*, chez les Talibans, a mené ce complot… Vous saisissez ?

« Parfaitement, dit Malko. En admettant que ce « jeu de rôle » tienne la route, Nelson Berry va y laisser sa peau.

« Je m'y refuse.

– Nous avons trouvé un terrain d'entente sur ce point, affirma Clayton Luger. Une fois que Nelson Berry sera passé aux aveux, délibérément orientés vers la culpabilité des Talibans, il sera transféré du NDS à la prison de Bagram.

– Il ne sera pas jugé ? s'étonna Malko.

– La justice afghane est très lente, assura l'Américain. À Bagram, les prévenus attendent plusieurs mois, ou même plus, avant d'être jugés. J'ai donc passé un accord avec mon interlocuteur. Certes, Nelson Berry va passer quelques mois derrière les barreaux de la prison de Bagram qui n'est pas une sinécure, mais c'est un moindre mal. Ensuite, il sera discrètement transféré dans la partie du camp que nous contrôlons toujours, et exfiltré.

– Vers où ?

– Où il le désirera. Nous avons des vols militaires pour Dubaï, l'Europe ou les États-Unis. En plus, je vous autorise à lui proposer un million de dollars de « *pretium doloris* » pour ce séjour en prison.

« Ce n'est pas cher payé, pour sortir par le haut de cette situation catastrophique. Dans un mois, le président Karzai doit se rendre aux États-Unis pour rencontrer le président Obama. Il faut que les choses soient réglées à ce moment. Ils doivent discuter du départ des troupes de la Coalition et cette discussion ne doit pas être « polluée » par ce genre de problème ! Qu'en pensez-vous ?

– Quelle valeur attachez-vous à la parole des Afghans ? demanda Malko.

– En règle générale, aucune, reconnut Clayton Luger. Dans le cas présent, les risques sont limités. Nelson Berry ne va pas être torturé puisqu'il va avouer ce qu'on lui demande d'avouer. Certes, il va passer quelques moments désagréables, mais c'est un dur, et après tout, il avait *vraiment* décidé d'assassiner le président Karzai.

« Il paie les risques qu'il a pris.

« Ensuite, lorsqu'il sera transféré à Bagram, il sera un peu chez nous. Même si nous venons de transférer le contrôle de la prison aux Afghans, nous gardons un œil dessus.

– Qu'avez-vous décidé avec Hadj Ali Kalmar ?

– Il m'a donné jusqu'à ce soir pour le rappeler. Afin de confirmer ou d'infirmer ce que nous avons convenu.

– Si vous infirmez ?

– Je saute, avoua avec simplicité Clayton Luger. John Mulligan m'a prévenu. Il faudra un fusible.

Un ange passa en se tordant de rire. Ça s'appelait l'arroseur arrosé… L'Américain regarda sa montre.

– Cela vous laisse deux heures de réflexion. Je crois que c'est amplement suffisant. Moi, je vais prendre un peu de repos, j'en ai besoin. On vous donne une voiture pour regagner l'Ariana. Je reste ici. Dès que j'ai votre réponse, je la communique à John Mulligan.

Malko se leva, posant une dernière question :

– Et si Nelson Berry refuse ma proposition ?

Clayton Luger secoua la tête.

– Je ne vois pas où serait son intérêt. Sa carrière en Afghanistan est terminée. Si les Afghans l'arrêtent en dehors de ce protocole, il passera des moments très difficiles… En signant avec nous il récupère un million de dollars et il peut refaire une vie ailleurs, après quelques mois de prison…

D'ailleurs, c'est à vous de le convaincre…

Il tendait la main à Malko, signifiant la fin de l'entretien. C'était clair : les Américains étaient prêts à n'importe quoi pour sortir de l'impasse où ils s'étaient eux-mêmes jetés… Malko souhaita que le n° 2 de la CIA ne lui ait pas fait de cachotteries.

***

Parviz Bamyan était en train de prendre le thé avec le général Abdul Razzik, cette fois en civil. L'homme du NDS revenait du palais présidentiel où on lui avait exposé les propositions faites aux Américains. Il expliqua à son interlocuteur :

– Le tout est de nous emparer en douceur de Nelson Berry, et de lui extorquer sa « confession » impliquant les Talibans. Ensuite, on lui sortira notre arme secrète.

– Laquelle ?

– Il a assassiné un agent du NDS posté dans le Aziz Palace, le jour de l'attentat, pour avoir les mains libres. Seulement, tant qu'il n'a pas avoué être l'homme qui a tiré sur le président Karzai, nous n'avons pas de preuves pour l'incriminer.

Il faudra aussi qu'il nous remette l'arme qui a tiré. Le président y tient. Cela sera une pièce à conviction pour le procès.

– Il a dû s'en débarrasser, objecta le général Razzik.

– Je ne pense pas. Une arme semblable a beaucoup de valeur. Il a dû la planquer. Il est implanté à Kaboul depuis longtemps. Même nous ne connaissons pas toutes ses planques.

– Et après ?

– Nous lui extorquerons sa *vraie* confession, impliquant Malko Linge et les Américains. De cette façon, nous aurons barre sur eux.

– À quel sujet ?

Parviz Bamyan eut un sourire malin.

– C'est un ordre du président. Il veut garder une arme secrète à opposer aux Américains. J'ignore encore pourquoi.

– Il n'y a plus qu'à souhaiter que cela marche ! soupira le général Razzik.

– Autre chose, compléta Parviz Bamyan. Nous avons dit aux Américains que nous allions transférer Nelson Berry à la prison de Bagram. Nous n'en ferons rien. Grâce au meurtre de notre agent, nous allons pouvoir le garder dans une cellule de notre complexe. Là où il ne sera pas à portée des Américains.

C'était un plan tordu mais qui présentait beaucoup d'avantages. Plus les Afghans auraient de preuves de l'implication américaine dans l'attentat contre le président Karzai, plus ils seraient en position de force pour l'avenir. Les Américains étaient loin de soupçonner à quel point leurs interlocuteurs afghans étaient retors, adeptes du double ou du triple jeu.

Différence de culture.

***

Malko était étendu sur son lit dans la chambre de l'hôtel Ariana. Depuis qu'il avait quitté Clayton Luger, il réfléchissait, cherchant le piège dans les propositions de l'Américain. Parce qu'il y en avait sûrement un. Il était bien décidé à ne pas quitter la protection de la CIA tant qu'il ne serait pas certain de ne pas se faire avoir.

Les enjeux étaient trop importants pour qu'un simple individu ait beaucoup d'importance en face de la raison d'État. Or, cette affaire relevait du président des États-Unis… Il aurait voulu parler à Frank Capistrano pour lui demander conseil, mais il ignorait où se trouvait l'ancien *Special Advisor for Security* de la Maison Blanche ; et dans quel état il se trouvait avec son cancer.

Son portable sonna. Un numéro qui ne s'affichait pas. Il répondit quand même et reconnut la voix de Clayton Luger.

– Je suis toujours à l'ambassade, annonça ce dernier, je vous envoie une voiture dans un quart d'heure.

Il raccrocha, sans laisser à Malko le temps de répondre.

Ce dernier se reposa encore quelques instants puis descendit au poste de garde de l'hôtel Ariana. Effectivement, un « *case-officer* » s'avança vers lui pour lui annoncer qu'on allait le conduire à l'ambassade américaine.

Les check-points défilèrent rapidement. Un autre agent de l'ambassade attendait Malko devant le perron.

– Je vous conduis au salon de l'ambassadeur, annonça-t-il.

Clayton Luger était installé dans un canapé bleu en train de fumer un cigare. Il salua Malko d'un sourire, et alla droit au fait.

– Vous avez réfléchi ?

– En supposant que je vous dise « oui », dit Malko, qu'est-ce que je deviens à partir de maintenant ?

Les traits du n° 2 de la CIA se détendirent imperceptiblement.

– C'est un point que j'ai réglé avec le palais présidentiel. Dans ce cas, je passe un coup de fil à Hadj Ali Kalmar et toute surveillance afghane envers vous est levée. Vous pouvez regagner le Serena, et vous aurez une voiture de l'Agence à votre disposition pour vos déplacements.

– Je pourrai quitter le pays ?

Clayton Luger esquissa un sourire.

– Pas tout de suite. Une fois le problème réglé, sûrement. Les Afghans ne s'y opposeront pas. À propos, vous aviez proposé à John Mulligan de ne pas être payé pour cette mission, pour des raisons morales. Cette clause tombe d'elle-même, étant donné ce qui vous est arrivé.

« Vous serez largement rétribué pour les efforts que vous avez faits, vous aurez gagné l'estime de l'Agence et de John Mulligan.

– J'espère que je l'avais déjà, releva Malko.

Il demeura quelques instants silencieux. La CIA mettait tout dans la balance pour sortir de la nasse où elle s'était elle-même jetée. Malko se maudissait d'avoir accepté cette mission hors du commun. C'était hélas trop tard pour pleurer. Il pensa au Serena qui, désormais, le faisait rêver comme le meilleur des « cinq étoiles » du monde. Ces quelques jours de vie errante l'avaient épuisé.

– Très bien, dit-il, j'accepte votre proposition.

Le visage de Clayton Luger s'éclaira.

– Bravo, jubila-t-il. Je n'en attendais pas moins de vous. Maintenant pour débloquer la situation, il y a encore une petite formalité.

– Laquelle ? demanda Malko.

– Vous allez téléphoner à Nelson Berry.

CHAPITRE XIII

Nelson Berry fixa pensivement le numéro qui s'affichait sur son portable. Inconnu. Depuis l'appel lancé à Malko, il n'avait pas eu de ses nouvelles, mais, en Afghanistan, on ne pouvait pas laisser de message. À tout hasard, il répondit. La voix de Malko lui envoya un jet de miel dans la gorge.

– Je sais que vous m'avez appelé, fit ce dernier. Je n'étais pas à Kaboul, mais je suis revenu.

– Je suis content de vous entendre, assura le Sud-Africain. On pourrait prendre un café demain.

– Où ?

– Chez moi. Midi, c'est OK. Je vous envoie Darius.

– C'est parfait, approuva Malko.

Après avoir raccroché, Nelson Berry alla se servir un Whisky. Depuis son coup de fil à Malko, il avait beaucoup réfléchi et trouvé une solution.

Sa décision était prise : il allait quitter l'Afghanistan, définitivement. Seulement, il ne voulait pas laisser derrière lui un témoin gênant comme Malko. Si ce dernier parlait aux autorités afghanes, celles-ci pouvaient lancer contre lui, via Interpol, un mandat d'arrêt international qui allait lui pourrir la vie. Il comptait aller dans un premier temps s'installer à Dubaï, or les Dubaiotes étaient très à cheval sur les règles internationales.

Grâce à l'intervention du général Razzik, il était débarrassé de toute surveillance. Ce qui lui avait permis d'échafauder son exfiltration.

Il allait quitter l'Afghanistan par le nord, en empruntant la route de Mazar-i-Sharif, jusqu'à la frontière du Tadjikistan. À Douchanbé, il prendrait un vol pour Dubaï après avoir revendu sa voiture à des trafiquants de drogue qu'il connaissait. Avant de partir, il passerait par sa ferme où il récupérerait les 500 000 dollars en liquide.

La route du nord était *safe* et il était sûr de parvenir à la frontière sans encombre.

Le coup de fil de Malko apportait la dernière touche à son plan.

Le lendemain matin, il quitterait son « *poppy palace* » et se rendrait dans sa ferme, en emportant son ordi et tout ce qu'il voulait prendre avec lui. Laissant son chauffeur, Darius, derrière lui. Celui-ci irait chercher Malko et l'emmènerait à la ferme. Entre-temps, Nelson Berry aurait demandé à son gardien de creuser une tombe dans un des champs entourant la ferme. Dès que Malko serait là, à la première occasion, il l'abattrait et, ensuite, le vieux l'enterrerait. Permettant à Nelson Berry de prendre la route de Douchanbé, l'esprit tranquille…

Son whisky terminé, il alla chercher Darius. À deux, ils devaient emmener chez Maureen Kieffer un vieux 4 x 4 qu'elle lui rachetait. Un peu de cash en plus.

Il n'en pouvait plus de l'Afghanistan…

Finalement, le soleil de Dubaï allait lui redonner goût à la vie…

***

Malko regardait la circulation anarchique autour de lui, installé à l'avant de la Land Cruiser blanche mise à sa disposition par la CIA. Il avait l'impression de retrouver une nouvelle ville. Pourtant rien n'avait changé, les passants en turbans, ou en *pakol* [1], pressés sur les trottoirs, les taxis jaunes, les vieux bus, les Toyota omniprésentes.

Il eut un petit pincement de cœur en franchissant les portes coulissantes blindées du Serena.

Le lobby était toujours désert. À la réception, l'employé lui adressa un sourire et lui tendit sa carte magnétique, l'ancienne ne marchant plus. Sans la moindre question sur son absence.

La chambre 382 était dans un ordre parfait. Malko eut l'impression de revenir chez lui.

Il se déshabilla et fila sous la douche. C'était délicieux et il n'arrivait plus à en sortir… C'est, enroulé dans une serviette, qu'il reprit goût à la vie. Le pistolet russe GSH 8 était toujours dans son « *ankle-holster* » GK. Il l'avait presque oublié.

1. Coiffure Tadjek.

Brusquement, il réalisa qu'il allait être huit heures et qu'il avait faim. La perspective de dîner seul lui donnait la nausée. Il appela Alicia Burton.

Hors circuit : elle ne devait pas être à Kaboul.

Alors, il repensa à Maureen Kieffer qu'il avait laissé tomber par sécurité. Désormais, elle n'était plus *« off limits »*. Il composa son numéro et n'obtint pas de réponse.

Il allait se décider à dîner au buffet du bas lorsque la jeune femme rappela.

Chaleureuse.

– Malko, dit-elle, je croyais que tu étais mort !

Elle n'était pas tombée loin.

– Non, assura-t-il, j'étais absent, mais je suis de nouveau à Kaboul. Beaucoup de mes problèmes sont résolus. J'aimerais bien te voir. On peut dîner ensemble ?

– Impossible dit la jeune femme d'un ton désolé, j'ai invité des amis à la maison. Je ne peux pas les décommander. Mais tu peux te joindre à nous. Moi aussi, j'aimerais bien te voir.

« Si tu veux, je t'envoie mon chauffeur à neuf heures. Il t'attendra devant l'hôtel, c'est trop compliqué d'entrer.

Malko n'hésita pas longtemps.

– Parfait. Je serai dehors à neuf heures. Je voudrais bien t'apporter du champagne, mais il n'y en a pas ici.

La jeune Sud-Africaine rit.

– N'aie pas peur, j'en ai ! À tout à l'heure !

*
* *

Malko fut accueilli par un jeune Pakistanais avec un collier de barbe, souriant, qui lui tendit la main.

– Je suis Parvez ! Je dirige l'UNHAS [1]. Je suis un copain de Maureen, elle est dans la cuisine. *Come on in* !

Il y avait une douzaine de jeunes gens, tous expats, dans le living-room. Un grand écran plat diffusait Al Jazeera sans le son et une musique vaguement indienne sortait d'un lecteur de CD. Malko ne s'attarda pas et gagna la cuisine.

– Malko !

Maureen Kieffer était en train de touiller une grande casserole de pâtes qu'elle abandonna pour se jeter dans les bras de Malko. Vêtue d'une robe bleue très courte, elle était extrêmement sexy et le savait.

Tout de suite, son ventre se colla à celui de Malko dans une invite muette. Elle pouffa un peu et avertit :

– Il va falloir qu'on attende un peu. Mes copains aiment boire et parler beaucoup…

Apparemment, elle n'en voulait pas à Malko de ses infidélités…

– Je te laisse, dit-il.

À côté, le champagne coulait à flots. Les invités étaient affalés dans des vieux fauteuils ou dans des coussins, parlant et buvant beaucoup. Malko prit un peu de

1. United Nations Air Service.

champagne et alla s'installer près de Parvez, le Pakistanais, qui semblait le plus intéressant.

– J'arrive à Kaboul, dit-il, comment est la situation ?

Le jeune homme fit la grimace.

– Pas fameuse ! Les gens sont angoissés. On ne sait pas ce qu'il va y avoir après Karzai. Les Américains s'en vont et cela met beaucoup de gens au chômage. Il n'y a plus d'argent. Les Afghans voudraient bien partir, mais pour aller où ? Personne ne veut d'eux, même à Dubai. Il y a de plus en plus de mendiants en ville.

– Et les Talibans ? demanda Malko.

Le jeune Pakistanais eut un sourire amer.

– Eux, ils se portent bien ! À Kaboul, on ne les voit pas beaucoup.

« Ils font juste un attentat suicide de temps en temps contre la police ou l'armée. Seulement, ils prospèrent en province… Certes, ils ne tiennent pas les villes, mais sont omniprésents dans les campagnes.

« Et puis, systématiquement, ils rendent les routes impraticables.

« Par exemple, désormais, on ne peut plus aller à Bamyan en voiture. Il faut prendre l'avion… Il y a un type qui s'arrache les cheveux aux lacs de Band-i-Amir.

Les lacs en surélévation, beaucoup plus loin à l'ouest, sur un plateau de 4 200 mètres… Un paysage époustouflant de beauté.

– Pourquoi ? demanda Malko.

– Figurez-vous qu'il a monté une station de ski là-bas ! Pour les gens aisés qui viennent de Kaboul.

– Une station de ski ! Mais comment fait-il ?

Malko n'en revenait pas : en plein Afghanistan en guerre…

– Oh, c'est du bricolage, reconnut le Pakistanais. Comme il n'a pas pu construire de remonte-pente, il utilise des ânes pour remonter les skieurs et les skis… Mais les gens sont ravis. Il n'y a pas tellement d'occasions de se distraire dans ce pays.

Maureen Kieffer surgit de la cuisine avec un énorme plat de nouilles et hurla :

– À table !

Malko abandonna son enquête sur l'Afghanistan.

***

Il y avait des bouteilles de champagne vides et des assiettes sales un peu partout. Maureen Kieffer, qui venait de raccompagner le dernier invité, se laissa tomber à côté de Malko sur le canapé.

– Je leur ai dit qu'il n'y avait plus de champagne pour les faire partir ! soupira-t-elle.

– Ils en ont bu beaucoup, remarqua Malko.

La jeune Sud-Africaine secoua ses cheveux blonds.

– Je liquide mes stocks, je ne vais pas l'emporter avec moi.

– Tu quittes l'Afghanistan ?

– Bientôt, dès que j'ai trouvé à vendre mon affaire. Tout le monde s'en va. D'ici là il n'y aura plus d'expats en ville. La plupart de mes clients ont mis la clef sous la porte.

Elle se leva soudain, après avoir croisé les jambes si haut qu'il aperçut une culotte blanche, et fila vers la cuisine. Elle revint avec une bouteille de Cristal Roederer et commença à la déboucher.

– Celle-là, c'est pour nous ! annonça-t-elle.

Elle remplit deux coupes et se planta en face de Malko, provocante, sa lourde poitrine en avant.

– Je te plais toujours ? demanda-t-elle avec une pointe d'ironie.

Au lieu de répondre, Malko passa une main autour de sa taille et caressa sa poitrine de l'autre. Aussitôt, Maureen colla son bassin au sien et commença à bouger un peu.

Pas longtemps.

S'écartant de Malko, elle fit passer sa robe par dessus sa tête, ne gardant que sa petite culotte blanche, puis se retourna et lança :

– Il y a longtemps que je ne t'ai pas passé au karcher… Déshabille-toi !

Trouvant que Malko ne réagissait pas assez vite, elle commença à défaire les boutons de sa chemise, puis s'attaqua au pantalon d'alpaga. Lorsqu'il fut entièrement nu, elle prit son sexe dans sa main droite et commença à la caresser doucement, jusqu'à ce qu'elle ait obtenu une érection à son goût…

Elle officiait, ses yeux dans ceux de Malko, la lèvre supérieure un peu retroussée sur ses dents éblouissantes.

Lorsqu'elle le jugea à point, elle alla prendre la bouteille de Cristal Roederer, fit sauter le bouchon, obturant aussitôt le goulot avec sa main. Puis, elle secoua vigoureusement la bouteille comme on fait à l'arrivée des courses de Formule I. Ensuite, elle dirigea le goulot vers le ventre de Malko et un flot de champagne jaillit, inondant son ventre et son sexe dressé. Elle posa alors la bouteille, s'agenouilla devant lui sur un vieux tapis. D'abord, elle lécha le champagne répandu sur son ventre, puis continua par le sexe, à petits coups de langue, comme un chat. Finissant par l'engouler jusqu'au fond de son gosier. Ensuite, avec un soupir ravi, elle se laissa aller sur le canapé, les jambes ouvertes sur sa culotte blanche.

Malko n'eut qu'à l'écarter pour pénétrer dans un sexe brûlant.

Maureen, visiblement ravie, bondissait sous lui, serrant les cuisses autour de ses hanches, poussant un cri à chacun de ses coups de reins. Léchant encore la poitrine de Malko imbibée de champagne chaque fois qu'elle le pouvait. Celui-ci finit par se répandre au fond de son ventre avec un cri sauvage.

Dès qu'elle eut repris son souffle, la Sud-Africaine éclata d'un rire joyeux.

– J'éprouve toujours le même plaisir à sucer la queue d'un homme qui bande bien avec un peu de champagne…

Elle avait des goûts simples, bien que difficiles à exaucer dans un pays comme l'Afghanistan.

Elle alluma une cigarette et dit soudain :

– À propos, tu sais, le type dont tu m'as parlé un jour, Nelson Berry, un Sud-Af comme moi, il quitte la ville.

Le pouls de Malko monta brusquement.

– Comment le sais-tu ?

– Il est venu me voir ce soir pour me vendre une de ses voitures. Il part demain matin.

CHAPITRE XIV

Malko jeta un coup d'œil en coin à Maureen Kieffer. Visiblement, elle avait lancé sa remarque sans aucune arrière-pensée. À première vue, ce n'était pas incompatible avec son rendez-vous avec le Sud-Africain. Ce dernier n'avait pas à lui faire part de ses projets au téléphone. Pourtant, sans qu'il saisisse pourquoi, cela provoqua chez lui une certaine inquiétude.

Devant le silence de Malko, Maureen enchaîna :

– Tu le vois toujours ?

– Je l'ai eu au téléphone, répondit Malko, mais il ne m'a pas fait part de ses projets. Pourquoi quitte-t-il Kaboul ?

– Je crois qu'il n'a plus assez de clients, fit la jeune femme. En tout cas, c'est ce qu'il m'a dit.

– J'en saurai plus demain, conclut Malko, je dois le voir.

« Maintenant, je crois que je vais rentrer. Tu peux me faire raccompagner ?

– Bien sûr, fit Maureen. Si tu restes encore à Kaboul, j'espère qu'on pourra se revoir…

Dix minutes plus tard, Malko roulait dans les rues sombres de Kaboul, intrigué par l'information communiquée par la jeune Sud-Africaine. Sans savoir vraiment pourquoi.

***

Il était onze heures et demie. Au moment de partir retrouver Darius, le chauffeur de Nelson Berry qui devait le retrouver à l'endroit habituel, Malko hésita : son GSH 8 dans son « *ankle-holster* » GK était sur la table de nuit. Il hésitait à le prendre. Finalement, il se le passa autour de la cheville après avoir vérifié qu'il y avait une cartouche dans le canon. C'était une arme de réaction immédiate.

Un peu idiot pour le genre de conversation qu'il allait avoir avec Nelson Berry. Le convaincre de se jeter dans la gueule du loup contre un million de dollars. Le pire qui puisse arriver c'est que le Sud Africain l'envoie promener. Surtout s'il était sur le départ.

Dans ce cas, Malko serait dans la merde.

Il ignorait ce qui avait été prévu par les Afghans dans ce cas de figure.

Un soleil radieux brillait sur Kaboul.

Comme les autres fois, la Corolla de Darius, le chauffeur de Nelson Berry, était garée derrière le check-point de la police. Malko s'installa à côté du chauffeur. Il suivait vaguement le parcours des yeux. Assez vite, il se rendit compte qu'ils ne passaient pas devant le NDS. Darius continua plus au nord, débouchant sur la route de Jalalabad.

– Nous n'allons pas chez Nelson Berry ? demanda-t-il.

– Le commandant va vous recevoir dans une de ses propriétés, expliqua le chauffeur. Ce n'est pas loin...

Ce qui ne voulait rien dire, les Afghans n'ayant pas le sens des distances.

Ils quittèrent bientôt la grande route pour une piste défoncée qui zigzaguait entre des collines pelées, croisant quelques troupeaux de moutons et des fermes isolées. Trois quarts d'heure après avoir quitté le centre, ils parvinrent à une grande ferme, entourée d'un haut mur, avec un portail ouvert.

Devant le bâtiment de la ferme, Malko aperçut le 4×4 du Sud-Africain. Darius s'arrêta à côté et Nelson Berry apparut sur le pas-de-porte, souriant. Il donna une poignée de mains chaleureuse à Malko et l'entraîna à l'intérieur.

– Ici, c'est mon annexe, expliqua-t-il, je stocke pas mal de choses. *Tchai ?*

Ils s'assirent tous les deux autour d'une grande table de bois.

– Que s'est-il passé ? demanda Malko.

Ils ne s'étaient pas parlé depuis l'attentat.

Nelson Berry eut une grimace dégoûtée.

– J'ai été trahi par ma « source ». Il m'a désigné la mauvaise voiture. Bien sûr, je ne l'ai appris qu'après. Il ne l'a pas emporté au paradis.

– Qu'avez-vous fait ensuite ? demanda Malko.

– Je suis parti dans le Logar où j'avais un boulot. J'ignorais ce qui allait arriver. Heureusement, il ne s'est rien passé. Quand je suis revenu ici, la vie a repris son cours.

– Le NDS ne vous a pas inquiété ?

– Non. Pourquoi l'aurait-il fait ?

Il lui adressait un regard bizarre.

– J'étais surveillé, dit Malko. Ils auraient pu s'intéresser à vous….

– Et vous, que vous est-il arrivé ? demanda le Sud-Africain.

– J'ai quitté Kaboul quelques heures et puis je suis revenu, expliqua Malko. Depuis, beaucoup de choses se sont passées. Les Américains ont décidé de se réconcilier avec Karzai…

Le Sud-Africain eut une mimique surprise.

– Ils ont avoué ce qu'ils voulaient faire ?

– Non, dut reconnaître Malko, ils avaient été trahis de l'intérieur. À Washington.

Le Sud-Af émit un léger sifflement.

– C'est un comble !

Son regard s'assombrit.

– Et moi ?

Malko soutint son regard.

– Je crains que votre implication ait été révélée, mais nous avons trouvé une solution. Qui va satisfaire tout le monde, y compris vous…

Le Sud-Africain se raidit visiblement.

– Expliquez-moi !

Ce que fit Malko. Détaillant la combine tortueuse qu'ils avaient mise au point avec les Afghans, la prime d'un million de dollars promise pour la coopération de Nelson Berry et ce qui allait se produire ensuite. Le Sud-Africain semblait transformé en statue de pierre. Il s'ébroua pour dire :

– Vos amis de Washington sont très naïfs.

– Pourquoi ?

– Les Afghans vont vous baiser et *me* baiser aussi. Une fois que je serai entre les mains du NDS, ils feront ce qu'ils veulent.

– C'est pourtant la seule solution possible, argumenta Malko.

« Sinon, ils vont nous tomber dessus.

Nelson Berry corrigea :

– Ils vont *vous* tomber dessus. Parce que moi, je serai loin. Je n'ai même pas l'intention de retourner dans mon *« poppy palace »*. En partant d'ici, je file sur Mazar et ensuite Douchanbé. De là, je prends un avion pour Dubaï.

Cela recoupait l'information donnée par Maureen Kieffer. Brusquement, Malko se demanda pourquoi le Sud-Africain lui avait donné rendez-vous dans cette ferme déserte.

– J'ai pourtant une offre intéressante, objecta Malko. Vous allez avoir besoin d'argent, même si vous partez.

Nelson Berry tordit sa bouche dans une sorte de rictus.

– Votre million de dollars, je ne le toucherai *jamais*, parce que le NDS ne me lâchera *jamais*. C'est dommage, j'aurais préféré que cette histoire se termine autrement…

Quelque chose dans le ton de sa voix, alluma tous les feux rouges dans le cerveau de Malko.

– Puisque vous quittez l'Afghanistan, demanda-t-il, pourquoi m'avoir fait venir ici ?

Un léger sourire éclaira le visage du Sud-Africain.

– Je vais vous l'expliquer. Venez !

Il se leva et précéda Malko dans la cour de la ferme. Ils parcoururent une centaine de mètres jusqu'à une sorte de verger aux arbres déplumés. Le Sud-Africain marchait devant Malko d'un pas lent. Arrivé presque au mur d'enceinte, il s'arrêta. Malko en fit autant.

Tendu.

Il vit à peine le mouvement imperceptible du bras droit de Nelson Berry, mais l'adrénaline se rua dans ses artères. Sans réfléchir, il plia les genoux et saisit la crosse du GSH 8 russe, l'arrachant de son holster G.K. Il était en train de se redresser lorsque Nelson Berry se retourna.

D'un bloc.

Un gros pistolet dans sa main droite, braqué sur Malko. Ce dernier n'hésita pas, pressant la détente du GSH 8. Le projectile partit de bas en haut, atteignant le Sud-Africain sous la mâchoire, pénétrant dans le cou et ressortant avec une masse d'os, de sang et de matière cervicale par l'arrière de la tête.

Nelson Berry n'eut même pas le temps d'appuyer sur la détente. Son corps fut projeté en arrière par l'impact du projectile de 9 mm et il s'effondra, serrant toujours son arme dans la main droite.

Tout s'était passé si vite que Malko eut du mal à émerger. Le Sud-Africain ne bougeait plus, foudroyé, du sang continuant à s'échapper par sa nuque. Malko se retourna : un vieil homme sorti de la maison venait de crier quelque chose. Il s'approchait de lui d'une démarche lente et s'arrêta net en voyant qu'il ne s'agissait pas de Nelson Berry.

Brutalement, il prit ses jambes à son cou et disparut dans la maison.

Malko regarda le ciel bleu immaculé, un goût de cendres dans la bouche. Pour la seconde fois depuis qu'il était en Afghanistan, il avait tué. Lui qui avait horreur de prendre une vie humaine. Pour la seconde fois également, il y avait été forcé. S'il n'avait pas réagi aussi vite, c'est lui qui serait étendu dans ce verger.

Le silence était retombé.

Pourquoi le Sud-Africain avait-il voulu le tuer ? Alors qu'il venait de lui proposer un million de dollars ? Il ne le saurait jamais. Tout le beau plan échafaudé par la CIA et les Afghans s'effondrait. Certes, le « prix du sang » avait été payé mais pas de la façon prévue. Il fit quelques pas en avant et aperçut une fosse creusée sous un oranger. Nelson Berry avait été prévoyant : il avait même creusé sa tombe…

Un bruit de moteur le fit se retourner et il aperçut la Corolla qui franchissait le portail de la ferme, avec Darius au volant. Il se retrouvait sans voiture dans un endroit inconnu, loin de Kaboul. Tirant son portable, il composa le numéro de Warren Muffet.

– Clayton Luger est-il loin de vous ? demanda-t-il lorsqu'il l'eut en ligne.

– Je peux le joindre à l'ambassade. C'est urgent ?

– Oui, je crois, fit Malko sans s'étendre.

Cinq minutes plus tard, le n° 2 de la CIA le rappelait.

– Vous avez retrouvé Nelson Berry ? demanda-t-il. Il est OK ?

– Pas vraiment, fit Malko.

Il relata à l'Américain ce qui venait de se passer, ne recueillant qu'un silence pesant…

– Où êtes-vous ? demanda celui-ci lorsque Malko eut terminé.

– Hors de Kaboul, dit Malko, j'ignore où et je n'ai plus de voiture. Repérez-moi avec le GPS de mon téléphone ! Je vous attends.

Il retourna dans la ferme et s'assit sur un banc. Il se sentait las, très las, se demandant quelles complications il allait devoir encore affronter.

***

Plus de deux heures plus tard, un petit convoi de quatre véhicules entra dans la ferme. Trois Land Cruiser blanches et un pick-up vert de la police.

Un homme en uniforme de général avec un képi jaillit de la première Land Cruiser, qui portait une plaque rouge de la police, rejoint aussitôt par un tout petit vieillard à la longue barbe grise, à peine plus grand que sa kalachnikov. L'homme au képi marcha sur Malko et demanda en excellent anglais :

– Où est Nelson Berry ?

– Là-bas, au fond du jardin, dit Malko

Déjà, la seconde Land Cruiser vomissait Clayton Luger, Warren Muffet, deux « *marines* » casqués et harnachés. Tous les quatre rejoignirent le général et son garde du corps. Celui-ci venait d'ôter de la main droite du mort son pistolet automatique. Le général remarqua :

– Il n'a pas eu le temps de tirer…

– Dans le cas contraire, je serais mort, remarqua Malko. Désormais, j'en suis sûr : il m'avait attiré ici pour me tuer. Je savais par une amie depuis hier soir qu'il quittait l'Afghanistan. Il a voulu faire le ménage avant de partir…

– C'est fâcheux, laissa tomber Clayton Luger. Les Afghans vont être furieux.

– Si j'étais mort et lui parti, ils le seraient également, releva Malko.

– Fouillez tout ! ordonna le général afghan aux policiers.

Ils restèrent autour de la Land Cruiser de Clayton Luger.

Une demi-heure plus tard, un policier amena un gros sac de cuir trouvé dans la Land Cruiser de Nelson

Berry. Le pouls de Malko s'envola. C'était le sac qu'il avait remis au Sud-Africain, contenant les 500 000 dollars…

Le général l'ouvrit, jeta un coup d'œil aux liasses de billets de 100 dollars, puis le rendit au policier.

– Mettez ça dans la voiture !, lança-t-il d'une voix égale.

La CIA avait peu de chances de revoir son argent…

Ils continuèrent à bavarder, puis des policiers commencèrent à sortir de la ferme des caisses de munitions, des pistolets, des RPG 7.

Tout de suite après, le général afghan prit à part Clayton Luger pour un long conciliabule. Ensuite, les deux hommes se séparèrent sur une vigoureuse poignée de main. Le général remonta dans sa Land Cruiser, laissant les policiers sur place.

– On y va, fit sobrement le n° 2 de la CIA.

Tandis qu'ils cahotaient sur la piste défoncée, il se tourna vers Malko.

– Voilà ce que nous avons convenu avec le général Razzik : grâce à un renseignement que nous leur avons donné, les Afghans ont découvert Nelson Berry en train de s'enfuir d'Afghanistan. Il s'est défendu et a été abattu. Sur place, les policiers afghans ont trouvé l'arme qui a servi à l'attentat.

– Mais, objecta Malko, c'est faux… Clayton Luger sourit.

– Le NDS à la Diegtarev 41 qui a servi pour l'attentat. Il ne reste plus qu'à l'amener ici et prétendre qu'il a découvert dans cette ferme.

Voilà le « prix du sang » payé.

En plus, Nelson Berry ne risquait plus de révéler le nom de ses commanditaires…

Tandis qu'ils descendaient vers Kaboul, Malko se demanda maintenant à quelle sauce il allait être mangé. Il avait encore une grosse épée de Damoclès sur la tête : le meurtre du villageois afghan. Si les Afghans voulaient lui nuire, c'était facile.

CHAPITRE XV

Le *maulana* Mousa Kotak tapa un court SMS à l'attention de Malko. Maintenant qu'il avait le feu vert de la *Choura* de Quetta pour son élimination, il devait absolument s'assurer de différentes choses.

Après le couinement annonçant le départ du sms, il se versa un peu de thé et réfléchit. Ils étaient passés à deux doigts de la victoire.

Tout avait été préparé pour le retournement d'un certain nombre de policiers et de militaires de l'armée afghane, au cas où le président Karzai aurait été assassiné. Les barrages se seraient ouverts, des policiers se seraient retournés contre leurs chefs, des attentats ciblés auraient déstabilisé Kaboul.

Quand les Américains auraient réalisé la supercherie, il aurait été trop tard. Les Talibans gagnaient beaucoup de temps sur leur agenda initial. Maintenant, il fallait tout recommencer.

***

La journée s'était écoulée pour Malko dans le calme. Après leur équipée, Clayton Luger l'avait déposé au Serena. Désormais, il n'avait plus qu'une idée en tête : quitter l'Afghanistan. Bien qu'en apparence il soit complètement libre, il n'était pas tranquille : les Afghans avaient plus d'un tour dans leur sac et, désormais, ils avaient la preuve qu'il était bien l'organisateur de l'attentat.

La sonnerie de son portable le fit sursauter : c'était Clayton Luger.

– Je suis convoqué au palais à cinq heures, annonça le n° 2 de la CIA. Je veux vous voir ensuite.

– Que se passe-t-il ? demanda Malko.

– Je revois Hadj Ali Kalmar, le directeur de cabinet de Karzai pour m'assurer que nous sommes sur la même longueur d'onde. Je dois repartir ce soir très tard pour Washington. Je vous convie donc à dîner à l'ambassade pour que nous fassions le point, après cette rencontre.

– Je pourrais repartir avec vous ? suggéra Malko.

– Nous verrons, fit évasivement l'Américain. Je vous envoie une voiture à huit heures.

***

Un petit hélicoptère Kiowa était stationné devant le bâtiment où habitait Karzai. Clayton Luger, accompagné de sa « guide », continua de l'autre côté. Il n'était pas tranquille, en dépit des assurances du général Razzik. Tout ne s'était pas passé comme prévu. Certes, les Afghans allaient pouvoir revendiquer un succès mais ils n'auraient pas le déballage qu'ils avaient espéré.

Lorsqu'il pénétra dans le petit bureau feutré de la présidence, le directeur de cabinet était déjà en train de feuilleter des papiers. Il donna une poignée de main assez froide à l'Américain et posa ses dossiers, entrant tout de suite dans le vif du sujet.

– Le général Razzik m'a fait son rapport, dit-il. La mort de Nelson Berry est un élément positif qui va nous permettre, vis-à-vis de l'opinion publique afghane, de clore le sujet. Cependant, il nous manque des éléments.

– Lequels ? demanda Clayton Luger.

– Le lien entre les commanditaires de l'attentat et l'auteur, ce Sud-Africain. Finalement, nous nous demandons si votre agent Malko Linge ne l'a pas abattu pour éviter qu'il ne le mette en cause.

Clayton Luger faillit tomber de son fauteuil.

– Comment ! Il avait une arme à la main et s'apprêtait à tuer Malko Linge !

– Ce pourrait être une mise en scène, remarqua le haut fonctionnaire.

Un ange passa, la tête basse : la CIA avait mauvaise réputation. Clayton Luger sentit qu'il fallait reprendre la main.

– Monsieur Kalmar, dit-il, tout s'est passé comme Malko Linge vous l'a raconté. On ne peut pas revenir là-dessus ; je suis venu ici pour vous confirmer qu'à nos yeux, cette malheureuse affaire était close. Il y a eu une mauvaise décision de notre part, ensuite un dysfonctionnement qui, heureusement, n'a pas eu de suites fâcheuses. Maintenant, je souhaite que nos relations soient apaisées.

L'Afghan demeura silencieux quelques instants puis avança :

– Pour clore complètement cette affaire, ce serait bien que nous possédions une confession écrite de la part de Malko Linge, expliquant comment et pourquoi il a recruté Nelson Berry pour assassiner notre président.

Clayton Luger crut qu'il allait exploser : son interlocuteur lui demandait tout simplement une preuve écrite impliquant le gouvernement américain dans l'attentat contre Karzai. Un moyen de chantage sans limite. Il se força à rester calme.

– Il n'en est pas question, fit-il avec fermeté. Jamais je n'autoriserai Malko Linge à faire une telle déclaration. D'ailleurs, j'ai l'intention de l'emmener avec moi, lorsque je repars pour Washington, en fin de soirée.

Il venait de prendre sa décision sur le champ : il fallait couper court aux velléités afghanes de le faire chanter. Le directeur de cabinet demeura silencieux quelques instants avant de laisser tomber :

– C'est ennuyeux parce que M. Malko Linge n'a pas le droit de quitter le territoire afghan pour l'instant…

Clayton Luger sursauta.

– Pourquoi ?

– Il y a cette fâcheuse affaire de villageois abattu par lui. Certes, nous savons qu'il était en état de légitime défense, mais les coutumes afghanes sont différentes des nôtres. Il faut payer le prix du sang pour apaiser les esprits.

Ça devenait une habitude.

– Que voulez-vous dire ? demanda Clayton Luger, sur ses gardes.

– La famille du mort réclame 20 000 dollars, expliqua l'Afghan.

Clayton Luger balaya les 20 000 dollars d'un revers de main.

– Ce n'est pas une grosse somme. Ils les auront.

Hadj Ali Kalmar ne broncha pas.

– Je n'en doute pas, dit-il. Seulement la coutume exige que ce soit le meurtrier qui vienne *lui-même* payer le prix du sang. Tant que cette formalité n'aura pas été accomplie, le cas reste pendant…

L'Américain se dit que son vis-à-vis se foutait carrément de lui mais parvînt à garder son calme.

– À *votre* niveau, demanda-t-il, vous ne pouvez pas assouplir cette formalité ?

Le directeur de cabinet eut un hochement de tête qu'il voulait désolé.

– Pour nous, c'est délicat… Vous savez qu'on accuse beaucoup le président Karzai de couvrir les « bavures » des Américains et de la Coalition. Si nous faisions une entorse au « *pachtounwali* », on nous accuserait une fois de plus d'être du côté des Américains. Ce serait mauvais pour l'image du président. Je lui en ai parlé. Il tient à ce que les choses se passent dans les formes.

Clayton Luger bouillait intérieurement. Il réussit à garder son calme pour demander :

– Donc, Malko Linge ne peut pas quitter le pays…

Le dircab eut un geste rassurant.

– C'est provisoire, absolument provisoire ; dès qu'il aura payé le prix du sang, il sera libre de partir. Bien sûr, je sais que vous pouvez utiliser le terrain de Bagram, qui est sous votre contrôle, pour l'exfiltrer, mais ce serait un affront au président. Je pense qu'il y a eu assez de problèmes entre nous, pour ne pas en créer de nouveaux.

Clayton Luger était coincé. Tout en sachant que cette histoire de prix du sang était bidon, il était obligé de s'incliner sous peine de déclencher un nouveau conflit avec le président Karzai. Il se demanda ce que John Mulligan aurait fait à sa place et laissa tomber d'une voix lasse :

– Très bien, je vais repartir seul à Washington.

– Je pense que c'est une sage décision, approuva Hadj Ali Kalmar. Le président appréciera. D'autant que M. Malko Linge, même s'il agissait sous vos ordres, a des choses à se faire pardonner…

Un ange passa, des bombes sous les ailes.

Clayton Luger comprit que ce n'était pas la peine d'insister et se leva.

– Je vous confie donc Malko Linge, conclut-il d'une voix chargée de sous-entendu.

– N'ayez crainte ! enchaîna l'Afghan, c'est redevenu un ami, comme vous d'ailleurs.

Les Pachtouns vivant dans la trahison comme un poisson dans l'eau, il n'était pas trop mal à l'aise. N'empêche que lorsque Clayton Luger retraversa le parc, il écumait intérieurement. Hors de question d'exfiltrer Malko. Ce serait un *casus belli* avec les Afghans. D'un côté, cela l'arrangeait pour ses futurs projets.

À quelque chose malheur est bon.

***

Malko vit la Land Cruiser de la CIA se garer sous l'auvent du Serena et sortit. C'était toujours Jim Doolittle accompagné de ses « *baby-sitters* », qui annonça :

– *Sir*, nous allons à l'ambassade. On vous attend là-bas.

Toujours les check-points interminables, les regards farouches des Népalais. On avait l'impression de pénétrer dans une forteresse assiégée. Dans le hall de l'ambassade, un jeune « *marine* » accueillit Malko et le conduisit directement aux appartements de l'ambassadeur, où il découvrit Clayton Luger, le visage soucieux, devant un whisky. L'Américain leva la tête vers lui avec un pâle sourire.

– *Afghans suck* ! [1] lança-t-il.

– Que se passe-t-il ? demanda Malko, inquiet.

– Vous êtes devenu otage, expliqua le n° 2 de la CIA. Vous ne pouvez plus quitter le territoire afghan. Enfin, provisoirement…

Malko sentit une coulée glaciale le long de sa colonne vertébrale : cela recommençait.

– Prenez un verre !, proposa Clayton Luger, je vais vous expliquer.

Le jeune *« marine »* versa une vodka à Malko qui trempa aussitôt ses lèvres dedans. L'alcool fort et glacé lui fit du bien.

– Les Afghans m'en veulent toujours ? demanda-t-il. Je croyais que l'affaire de ce matin terminait le contentieux.

– Je le croyais aussi, confirma l'Américain. Seulement, ils sont vicieux comme des singes.

Il expliqua à Malko la comédie du prix du sang, concluant :

– C'est un prétexte pour vous empêcher de quitter le territoire. Toutes les semaines, des paysans afghans se font massacrer par les bombes ou les drones de la Coalition, Karzai se contente de protestations verbales.

– Que veulent-ils *vraiment* ? demanda Malko.

Clayton Luger but une gorgée de whisky.

– Je n'en sais rien, avoua-t-il. Au fond, ils n'ont pas digéré ce qu'on leur a fait. Nelson Berry est mort, vous restez le seul acteur vivant de ce complot. Ils

1. Les Afghans font chier.

vont sûrement chercher une façon de vous extorquer une confession qui leur donnerait une arme formidable contre le gouvernement américain.

– Dans ce cas, demanda Malko, pourquoi ne m'exfiltrez-vous pas avec vous ? Nous pouvons gagner Bagram sans problème et les Afghans ne contrôlent pas vos vols.

– Je sais, admit pensivement Clayton Luger, seulement j'ai des instructions précises de la Maison Blanche : je suis venu ici pour apaiser les Afghans, pas pour jeter de l'huile sur le feu. Les plaies sont encore fraîches. Je pense qu'ils ne vont pas s'attaquer à vous frontalement, mais il faut se méfier des coups tordus.

« Déjà, je vais donner des ordres pour qu'on vous assure une protection efficace, américaine, pas afghane, lorsque vous irez payer le « prix du sang ».

– Ensuite, je pourrai quitter le pays ? demanda Malko, quand même inquiet.

– Vous le pourrez, je pense, confirma l'Américain, énigmatique. Venez, on va aller dîner !

Ils étaient un peu perdus dans l'immense salle à manger faite pour vingt personnes, servis par deux jeunes *« marines »* silencieux et efficaces. Clayton Luger changea de sujet pendant la première partie du repas, parlant des évolutions à Washington. Malko était tendu car il sentait bien que l'Américain ne lui disait pas tout.

L'idée de prolonger son séjour à Kaboul le rendait malade. Ils arrivèrent à l'*apple-pie* du dessert sans avoir de nouveau abordé le sujet. Jusqu'à ce qu'ils reviennent dans le living-room pour y prendre les cafés.

D'un signe discret, Clayton Luger congédia les « *marines* » et se tourna vers Malko.

– Je voulais vous annoncer une chose, dit-il. Pour nous, votre mission à Kaboul n'est pas terminée.

CHAPITRE XVI

Malko sursauta intérieurement et lança à Clayton Luger.

– Vous ne voulez quand même pas tenter de liquider physiquement Karzai une deuxième fois ! Ce serait sans moi.

L'américain eut un geste apaisant.

– Non, bien sûr ! Mais nous voulons *toujours* la peau de Karzai. Politiquement, du moins. Cet homme est une catastrophe pour le pays. Nous *savons* qu'il veut garder le pouvoir sous une forme ou sous une autre. Ce qui risque de plonger l'Afghanistan dans un bain de sang. Notre rôle est de l'en empêcher. C'est un ordre du président des États-Unis.

– J'ai déjà donné, répliqua Malko. Vous avez assez de gens d'excellente qualité à Kaboul, pour se charger de cela. Moi, j'ai envie de décrocher.

– Je comprends, reconnut d'un ton apaisant Clayton Luger, mais vous possédez à nos yeux une qualité unique. D'abord, vous connaissez bien ce pays, ensuite, vous avez des contacts que n'ont pas les gens de la

Station. Il ne s'agirait pas d'une action ouverte, mais d'une démarche clandestine…

– Avec les gens de Kaboul sur le dos, ironisa Malko. Vous voulez vraiment que je termine mes jours dans ce pays.

– Non, assura vigoureusement Clayton Luger, nous souhaitons que vous arriviez à créer un front anti-Karzai. De façon à ce que s'il pousse en avant un de ses protégés aux prochaines élections, ce dernier soit battu.

– Comment voulez-vous arriver à cela ? interrogea Malko, sceptique.

– Il faut convaincre les Talibans…

Malko lui jeta un regard acerbe.

– Mais vous savez bien que les Talibans ne veulent pas participer à des élections. C'est contre leur culture. Karzai ou pas Karzai.

– Je sais, reconnut l'Américain, mais vous avez des contacts privilégiés avec le *maulana* Mousa Kotak. Ce dernier est le représentant officieux de la *Choura* de Quetta où se trouve le véritable pouvoir taliban.

– Que voulez-vous obtenir d'eux ? demanda Malko.

– Qu'ils fassent voter dans les zones qu'ils contrôlent pour le candidat que *nous* choisirons d'opposer à Karzai.

– Contre quoi ?

– Une participation au pouvoir quand notre candidat aura gagné.

– Ils ne vont pas vous croire.

– C'est à vous de les convaincre. Ils ont tout à y gagner, car, après les présidentielles, il faudra bien avoir des élections législatives.

« À ce moment, les « Talibans » auront leur mot à dire en faisant présenter des candidats qui épouseront leurs idées. Bien sûr, il y a beaucoup de travail à faire, car ils sont retors, fanatiques et obtus, mais certains veulent revenir au pouvoir, même s'il n'y a pas d'Émirat islamique en Afghanistan.

« Ça, c'est un point que nous discuterons à Doha, ce que nous faisons déjà.

– Autrement dit, conclut Malko, vous voulez que je reparte en croisade contre Karzai alors que je suis déjà dans le collimateur du NDS et de la présidence !

– Il s'agit d'une action plus feutrée, assura l'Américain. Nous ne pouvons pas rester au milieu du gué. *Personne* ne peut convaincre Karzai de s'effacer. Il faut donc le battre par les urnes puisque nous n'avons pas pu nous débarrasser de lui…

Au moins, il assumait ses actes…

– Et qui va être votre candidat ? demanda Malko.

– Nous n'avons pas encore décidé, mais je vous mettrai au courant dès que possible.

– C'est la question que les « Talibans» vont me poser, souligna Malko.

– Vous savez à quel point ils sont méfiants…

– Essayez d'abord de savoir s'ils « achètent » notre projet !, conseilla l'Américain. Êtes-vous d'accord ?

Malko ne répondit pas immédiatement. Ce qu'on lui demandait était dans les cordes d'un chef de mission. Il s'agissait de convaincre des gens, pas de les tuer. Le problème, c'est que cela se passait en Afghanistan, là où on tuait d'abord et on réfléchissait ensuite.

Dès que le président Karzai réaliserait que Malko complotait à nouveau contre lui, il n'aurait qu'une idée : l'éliminer physiquement.

Cependant, il se sentait trop las pour entamer une discussion avec Clayton Luger. Il n'avait plus qu'une idée : dormir, oublier tout le stress des derniers jours.

– Très bien, dit-il, je vais recontacter le *maulana* Kotak. Lorsque j'aurai terminé cette ridicule formalité de paiement du « prix du sang ». En espérant qu'il m'écoute.

– Bravo !, fit simplement Clayton Luger. La Station sera à votre disposition pour toute la logistique. En ce qui concerne vos contacts, vous me rendrez compte directement sur une ligne sécurisée. Je voudrais que vous réussissiez.

Malko ne répondit pas. Il ne pensait pas à réussir mais à se reposer.

– OK, conclut le n° 2 de la CIA. Je vais vous appeler une voiture. Nous nous reverrons à Washington. D'ici là, *take care* ! À propos, vous allez être contacté dès demain par la présidence pour la cérémonie du « prix du sang ».

Les deux hommes se quittèrent sur une poignée de mains qui se voulait chaleureuse. Dix minutes plus tard, Malko se retrouvait dans une autre Land Cruiser blanche qui le mena directement au Serena.

En se déshabillant, il réalisa qu'il avait toujours, accroché à la cheville, le GSH 8 russe qui lui avait deux fois sauvé la vie.

Il s'en débarrassa et se glissa dans ses draps, s'endormant immédiatement.

***

À la une de l'*Afghanistan Times*, un des journaux publiés à Kaboul en anglais, s'étalait la photo du cadavre de Nelson Berry, entouré de policiers hilares. Le récit était à la hauteur de la photo, décrivant comment une enquête minutieuse du NDS avait permis de remonter jusqu'à l'auteur de l'attentat contre le président.

Quant aux commanditaires, c'étaient évidemment les Talibans… Sans préciser lesquels…

Malko terminait son *breakfast* lorsqu'il vit entrer une Afghane seule, ce qui était assez rare pour être remarqué. Une jeune femme aux longs cheveux noirs couverts d'un voile léger, habillée à l'européenne d'un tailleur bleu très classique.

L'inconnue s'assit en face de lui et partit se servir au buffet. Malko l'observait : ce n'était ni une journaliste, ni l'employée d'une ONG. Lorsqu'elle revint s'asseoir, ils échangèrent un regard rapide puis le portable de Malko sonna.

Une voix inconnue avec un fort accent afghan lui annonça que la cérémonie du « prix du sang » aurait lieu dans quarante-huit heures, au village de Yusuf Khel, en présence du chef de village. Malko devait s'y rendre avec 20 000 dollars qu'il remettrait au chef de village au cours d'une brève allocution.

On viendrait chercher Malko à l'hôtel à huit heures avec une escorte militaire car la route n'était pas totalement sûre. À peine eut-il raccroché, Malko appela Warren Muffet et le mit au courant.

– Clayton Luger m'a prévenu, dit le chef de Station de la CIA. Bien entendu, on va vous assurer une *vraie* escorte. Je me méfie de ces salopards. Je vais prévenir la présidence. En même temps on vous apportera l'argent.

Un problème réglé.

Malko reniflait cette affaire avec circonspection, sachant qu'il s'agissait d'un processus qui se produisait rarement. D'habitude, les autorités de la coalition s'arrangeaient pour faire parvenir une compensation aux familles de ceux qui avaient été aplatis par un drone ou bombardement, sans s'engager autant... Pourquoi les Afghans avaient-ils tellement insisté ? Quel piège cela recelait-il ?

***

Parviz Bamyan relisait le dossier de Malko. L'affaire de l'attentat était désormais derrière eux, mais tant que Malko Linge serait à Kaboul, ils seraient sur leurs gardes. Il décida de lui affecter une surveillance discrète : pour l'instant, on n'avait encore rien à lui reprocher. La présidence lui avait demandé de ne pas le lâcher une seconde, persuadée qu'il ne restait pas à Kaboul par hasard. Bien sûr, ils seraient fixés après la cérémonie du « prix du sang ».

Si Malko Linge reprenait l'avion, ensuite l'affaire était terminée. Sinon, il allait falloir découvrir ce qu'il faisait à Kaboul.

***

– Nelson Berry est mort, annonça Malko.

Maureen Kieffer demeura silencieuse quelques instants avant de demander :

– Tu sais comment ?

– Oui, reconnut Malko, je l'ai abattu pour qu'il ne me tue pas.

« C'est une longue histoire…

– J'ai vu dans le journal, dit la jeune Sud-Africaine. C'est dommage, c'était un type OK, qui prenait des risques.

– Il en a trop pris conclut Malko. En tout cas, je pense que ton avertissement m'a sauvé la vie.

– C'est vraiment lui qui a tiré sur la voiture de Karzai ? demanda la jeune femme.

– C'est lui, confirma Malko. Si tu acceptes de dîner ce soir avec moi, je t'en dirai plus.

– Tu sais bien que c'est toujours avec plaisir, dit la jeune femme. Je passe te chercher ?

– Neuf heures. On ira au Boccaccio.

***

Malko était là depuis à peine trois minutes quand la vieille Land Cruiser de Maureen Kieffer s'arrêta le long du mur de béton protégeant le trottoir du Serena. La jeune femme était seule à bord et la voiture sentait le parfum.

La Sud-Africaine avait enfilé un tailleur sur un cachemire rouge et mis des escarpins : en principe, le beau temps revenu, il n'y avait plus de boue dans les rues… Malko posa la main sur sa cuisse gainée de noir.

– C'est gentil de t'être fait belle pour moi, dit-il. Depuis quelque temps, je n'ai pas eu tellement de détente.

Maureen Kieffer lui jeta un regard complice.

– Peut-être, mais tu es vivant. Ce n'est pas le cas de tout le monde…

Elle avait pris la route du Boccaccio, se glissant dans la circulation fluide à cette heure.

– Tu penses à Nelson Berry ? demanda Malko.

– Oui. Cela me fait quelque chose de savoir que tu l'as tué. Ce n'était pas un mauvais type….

Tout était relatif…

– Je t'expliquerai ce qui s'est passé, promit Malko. Je ne suis pas un assassin, mais parfois, on n'a pas le choix.

Ce soir, il avait laissé son GSH 8 dans le coffre de l'hôtel. Il se sentait presque en vacances.

***

Ils grignotaient l'énorme « *nan* » posé au milieu de la table en attendant leurs spaghettis « *alle vongole* ». Malko acheva le récit de la mort de Nelson Berry.

– Je ne saurai jamais pourquoi il voulait me tuer, conclut-il. Mais je n'avais pas le choix. C'était prémédité. Il m'a attiré dans cette ferme pour m'abattre. Il avait déjà creusé ma tombe…

La jeune femme hocha la tête.

– Il a dû avoir peur que tu le dénonces, dit-elle. Je ne vois pas d'autre explication. Maintenant, au moins, les Afghans savent qui a commis l'attentat.

– Ils savent *aussi* que c'est moi qui en a donné l'ordre, releva Malko.

Les spaghettis arrivaient. Ils les attaquèrent puis Maureen Kieffer rompit le silence.

– Tu ne m'as pas dit pourquoi tu restais à Kaboul. Puisque cette affaire est terminée.

– Je vais payer le « prix du sang », répliqua Malko.

– OK, mais cela va se passer rapidement. Tu repars après ?

Il faillit dire « oui », puis se dit que c'était ridicule de mentir.

– Je ne sais pas encore, je discute avec les Talibans, reconnut-il.

La Sud-Africaine lui envoya un regard inquiet.

– Tu sais que c'est dangereux. Karzai est hystérique à propos des contacts entre les Américains et les Talibans. Tu es vulnérable, ils t'ont ciblé…

– Tu en seras réduite à ne plus me voir, dit Malko d'un ton léger.

La jeune femme lui jeta un regard noir.

– Ne dis pas de bêtises ! Ce n'est pas pour moi que je m'inquiète, mais pour toi. Ils ont mille façons de se débarrasser de toi.

– Je serai prudent, promit Malko.

Ils ne parlèrent plus de ses problèmes jusqu'à la fin du repas.

Lorsqu'ils se retrouvèrent dans les rues mal éclairées de Kaboul, Malko n'avait plus qu'une idée en tête : se retrouver dans les bras de Maureen Kieffer. Ils allèrent directement à sa guest-house.

Dès que Maureen fut dans ses bras, Malko sut qu'ils allaient faire l'amour de façon exceptionnelle. Un intermède qui lui regonflerait les nerfs.

Collés l'un à l'autre, ils commencèrent à osciller dans le petit living. Malko colla la jeune femme contre le mur, passa une main sous la jupe de son tailleur, atteignit sa culotte et la fit descendre le long de ses jambes. Consentante, Maureen se laissait faire, docile.

Elle était inondée et se laissa emmener jusqu'au profond canapé où ils avaient déjà fait l'amour. Signe de son excitation, elle n'avait même pas proposé de le « karcheriser ».

Brusquement, elle ne jouait plus.

Lorsqu'il entra lentement en elle, elle releva les jambes afin qu'il puisse s'enfoncer tout au fond de son ventre. Ensuite, ils firent l'amour lentement, presque sans bouger, jusqu'à ce que la jeune femme ait un sursaut de tout son corps et referme ses bras autour de Malko.

Un peu plus tard, elle murmura à son oreille :

– Reviens me voir quand tu auras payé le « prix du sang » !

CHAPITRE XVII

Un petit bonhomme en *camizcharouar* beige avec un gilet noir, les cheveux longs, des lunettes à fines montures métalliques, un visage de belette apeurée, surgit près de la table où Malko terminait son *breakfast* avec un sourire timide.

– *Good morning*, dit-il dans un anglais hésitant. Je suis Nassim Madjidi, votre interprète. C'est moi qui vais vous accompagner à Yusuf Khel. Vous êtes prêt ?

– Vous êtes policier ? demanda Malko.

Nassim Madjidi eut un sourire contraint.

– Non, non, j'appartiens au ministère de la Culture et je suis mandaté par la présidence pour que tout se passe bien là-bas. Je pense que vous ne parlez ni pachtoun, ni dari ?

– C'est le cas, reconnut Malko.

La veille au soir, un coup de fil l'avait prévenu que la cérémonie du « prix du sang » était pour ce matin. Il régla et se retrouva à la caisse avec la jeune femme qu'il avait déjà remarquée. Elle avait un ordinateur en bandoulière et était vêtue d'un tailleur pantalon, avec un beau visage à peine maquillé. De nouveau, ils échangèrent un regard puis un léger sourire. Malko aurait bien été plus loin, mais Nassim Madjidi était planté à côté de lui, silencieux et insistant.

Lorsqu'ils furent dans le couloir, l'Afghan demanda :

– Vous avez l'argent ?

– Je vais le récupérer tout de suite, assura Malko.

– Où ?

– Mon escorte m'attend dehors.

Les trois Land Cruiser bourrées de Forces Spéciales n'avaient pas eu le droit d'entrer dans l'hôtel, à cause de leur artillerie. C'est Warren Muffet qui avait arrangé l'opération. De plus, un des véhicules était relié au PC de Bagram qui pourrait éventuellement envoyer un hélicoptère à la rescousse…

Nassim Madjidi eut l'air contrarié.

– Mais j'ai une voiture et un chauffeur ! protesta-t-il.

– Vous n'avez pas d'escorte armée ? demanda Malko.

L'Afghan ouvrit de grands yeux.

– Pourquoi une escorte armée ?

Malko sourit à son tour. Froidement.

– Personne ne vous a dit que la route de Ghazni n'était pas totalement sécurisée ?

Nassim Madjidi eut l'air de tomber des nues.

– Mais vous êtes sous la protection du ministère de la Culture, protesta-t-il. C'est une opération pacifique, nous venons aplanir un différent. Moi-même, je ne suis pas armé.

– Moi, je le suis, avoua Malko. Nous vivons dans un pays dangereux.

Une Corolla beige était garée sous l'auvent avec un chauffeur et le drapeau afghan. Ils prirent place à l'arrière et se dirigèrent vers la sortie.

– Voilà mon escorte, annonça Malko, désignant les trois Land Cruiser bourrées de soldats armés qui attendaient le long de la clôture.

Dès qu'ils émergèrent de l'hôtel, le premier véhicule se mit en marche et vint les coller. Malko crut que Nassim Madjidi allait se trouver mal.

– Mais ce sont des gens de l'ISAF ! protesta-t-il. Ils vont faire peur aux villageois. Ce sont eux qui commettent les bavures. Il ne faut pas qu'ils viennent…

– S'ils ne viennent pas, avertit Malko, je ne viens pas non plus. Demandez des instructions à vos chefs !

Nassim Madjidi était déjà au téléphone. Le coup de fil dura assez longtemps.

– Ils peuvent venir mais il ne faut pas qu'ils sortent de leurs véhicules, annonça l'Afghan. Ils devront rester à l'intérieur pendant la cérémonie.

– Aucun problème ! assura Malko. Ils sont uniquement là en protection. J'espère moi aussi que tout se passera bien…

Ils étaient déjà en route vers l'ouest, retrouvant les monstrueux embouteillages habituels. Le portable de Malko couina. C'était Jim Doolittle.

– Tout est OK, *sir* ? demanda-t-il. J'ai votre argent. Soyez tranquille, nous ne vous lâcherons pas d'une semelle !

***

Un soleil brûlant inondait la petite place du village de Yusuf Khel. Pas mal de voitures locales étaient garées autour. Devant un bâtiment en dur, on avait disposé des tapis, des sièges faits d'armatures de bois et de coussins, devant des plateaux couverts de théières, de biscuits, et de morceaux de poulet.

Une demi-douzaine de villageois étaient déjà installés, assis sur leurs talons, kalachnikov en bandoulière, enturbannés, l'air farouche. Un drapeau afghan flottait dans un coin.

Malko descendit de la Corolla et se tourna vers Nassim Madjidi.

– Je vais chercher l'argent.

Il se dirigea vers les trois Land Cruiser de l'ISAF garées de l'autre côté de la place. Aussitôt, Jim Doolittle descendit de sa Land Cruiser, un paquet à la main ; casqué, gilet pare-balles, des grenades à la ceinture, des chargeurs partout, un M 16 à l'épaule. Pas vraiment l'image de la paix…

– *Here is your money, sir*, dit-il. *Take care !* [1]

Entre les trois véhicules, il y avait bien dix-huit hommes armés jusqu'aux dents. Bien entendu, les Land Cruiser étaient blindées…

Malko prit le paquet et revint vers Nassim Madjidi qui contemplait les trois véhicules avec horreur.

1. Voilà votre argent, monsieur. Faites attention !

– J'espère que cela ne va pas faire échouer cette cérémonie ! lança-t-il.

« Les villageois sont très sensibles quand ils voient des militaires étrangers. Il y a eu beaucoup de bavures dans la région.

– Les villageois voulaient quand même me tuer, releva Malko. Ce ne sont pas vraiment des pacifistes.

D'ailleurs, à part Nassim Madjidi et sa candeur, c'était plutôt le règne de la kalach que du rameau d'olivier, dans la région. Trente ans de guerre civile, cela forge le caractère…

Malko et son interprète s'avancèrent vers les villageois installés en arc de cercle ; au centre, se trouvait le vieillard édenté à l'œil mauvais et à la barbe en éventail qui avait voulu soumettre le sort de Malko à la *Choura* locale.

Malko prit place en face de lui et les deux hommes échangèrent un regard sans aménité.

Tout de suite, le vieux interpella Nassim Madjidi d'une voix pleine d'agressivité. L'interprète se tourna vers Malko.

– Il demande pourquoi vous êtes venu avec des hommes armés à une cérémonie pacifique ?

Malko ne pipa pas.

– Dites-lui que *eux aussi* sont armés ! En Afghanistan, tout le monde est armé, ce n'est pas un signe d'agressivité.

La réponse sembla satisfaire le chef de village qui se lança dans une longue diatribe traduite au fur et à mesure par l'interprète.

– Il dit que l'homme que vous avez tué était bon, juste et très pieux. Il a laissé deux veuves et sept enfants. Il n'avait jamais fait de mal à personne… Vous avez commis un crime particulièrement lâche et il ne sait pas s'il va accepter le prix du sang.

Excédé par cette comédie, Malko répliqua aussitôt :

– S'il ne veut pas de mon argent, je repars.

Aussitôt, Nassim Madjiri glissa en anglais :

– Ne faites pas attention, c'est le langage traditionnel ! Je vais dire que vous regrettez beaucoup la mort de cet homme et que vous souhaitez assurer une vie décente à sa famille.

Dialogue en pachtoun, puis le vieux lança une longue phrase, traduite aussitôt.

– Ils vont se réunir en *Choura* pour savoir s'ils peuvent accepter le prix du sang.

Immédiatement, tous les villageois se regroupèrent autour du chef du village et commencèrent un long conciliabule à voix basse qui dura une dizaine de minutes. Enfin, le chef de village revint sur le devant de la scène et lança une phrase en pachtoun. Le visage de Nassim Madjidi s'éclaira. Il se tourna vers Malko.

– Ils acceptent dans l'intérêt des veuves et des orphelins…

« Maintenant, vous devez vous-même lui donner l'argent.

Malko se leva et alla déposer sur les genoux du chef de village l'enveloppe des 20 000 dollars. Ce dernier l'ouvrit et commença à en sortir les liasses, en tendant plusieurs à ses voisins pour qu'ils les comptent. Cela dura pas mal de temps dans un silence religieux. On n'entendait que le froissement des billets. Enfin, ceux-ci furent regroupés dans l'enveloppe et le chef du village reprit la parole d'une voix forte :

– Le prix du sang a été payé, annonça-t-il. Désormais, l'offense est lavée, nous pouvons célébrer la réconciliation, au nom d'Allah le Tout-Puissant et le Miséricordieux.

Il semblait particulièrement guilleret. Des petits garçons commencèrent à faire circuler le thé et les biscuits. Tout le monde mangeait de bon appétit.

Un soleil de plomb incendiait le dos et les épaules de Malko.

Enfin, le chef de village se leva et vint vers lui, les mains tendues. Il prit la main droite de Malko dans les siennes et la serra très fort. Tout en lançant une longue phrase pleine de trémolos.

– Il vous souhaite bonheur et prospérité, traduisit Nassim Madjidi. Vous serez toujours le bienvenu dans ce village où l'on vous traitera avec tous les égards dus à un hôte de marque. Qu'Allah veille sur vous !

Il en crachotait de bonheur, le vieux...

Les gens commençaient à se disperser. Malko se demanda quelle proportion des 20 000 dollars recevrait la famille, qui était restée invisible…

Déjà, Nassim Madjidi l'entraînait, ravi.

– Ça s'est très bien passé, affirma-t-il. Maintenant,

vous êtes lavé. Je vais faire un rapport pour la présidence. Nous pouvons retourner à Kaboul.

Malko regarda sa vieille Corolla pourrie et dit diplomatiquement :

– Je pense que je vais vous laisser seul, j'irai plus vite en Land Cruiser…

Nassim Madjidi semblait sincèrement désolé.

– C'est regrettable, dit-il, j'aurais pu vous parler de la culture afghane pendant le voyage.

– Une autre fois, promit Malko en se dirigeant vers la première Land Cruiser. Aussitôt, Jim Doolittle vira le « *marine* » assis à côté de lui pour que Malko puisse occuper son siège. La place du village était en train de se vider.

– On retourne à Kaboul ! lança Malko.

***

Ils n'étaient plus qu'à une trentaine de kilomètres de Kaboul après avoir traversé Madan Shahr. Le paysage avait changé. À une sorte de morne plaine jaunâtre avait succédé la chaîne de montagne qui encerclait Kaboul. Ils étaient obligés de rouler beaucoup plus lentement, à cause des innombrables vieux camions qui se traînaient ou des bus qui débarquaient leurs passagers au milieu de la route.

Devant eux, caracolait la vieille Corolla de Nassim Madjidi qui leur avait servi à contourner des embouteillages. Malko luttait contre la somnolence. Tout en pensant à l'avenir. *Normalement*, il aurait dû, dès le lendemain, prendre une réservation sur un vol pour Dubaï ou la Turquie, puisqu'il était désormais libre de quitter le pays et n'avait plus rien, officiellement, à faire à Kaboul.

Il allait encore être obligé de monter une manip…

Il leva les yeux pour regarder le paysage.

Grandiose.

La route serpentait entre des pentes abruptes et pelées, sans un village, aux sommets parfois encore enneigés. Ils roulaient de plus en plus lentement. Devant eux, un minibus chargé jusqu'à la gueule se traînait à une vitesse d'escargot, tenant le milieu de la route et empêchant qui que ce soit de doubler. En face, il n'y avait presque pas de voitures.

Soudain, Malko sentit une tension palpable dans la Land Cruiser. Ses occupants vérifiaient leurs armes, jetant des regards inquiets à l'extérieur.

– Qu'est-ce qui se passe ? demanda Malko à Jim Doolittle.

– Rien, *sir*, assura le chauffeur de la CIA, mais c'est un sale coin ici, il y a déjà eu des embuscades.

– Si près de Kaboul ?

– Les Talibans arrivent par l'autre versant, une zone qu'ils contrôlent… Mais rien ne va sûrement se passer aujourd'hui.

Il n'avait pas fini de parler que Malko aperçut sur sa droite, dans un amas de rochers noirs des lueurs fugaces, comme de petits feux d'artifice. D'abord, il ne comprit pas. Puis, devant lui, la Corolla de Nassim Madjidi commença à zigzaguer comme si le chauffeur était ivre, soudain une gerbe de flammes jaillit de l'arrière, là où se trouvait le réservoir, la voiture traversa la route en biais, finissant dans le ravin où elle disparut.

CHAPITRE XVIII

Dans la Land Cruiser, on n'entendait que les cliquetis des armes qu'on approvisionnait. Malko regardait, pétrifié, l'endroit où la Corolla avait disparu dans le ravin. S'il avait accepté l'invitation de Nassim Madjidi, il serait mort.

Bizarrement, le vieux minibus qui les avait bloqués depuis plusieurs kilomètres en roulant très lentement au milieu de la route, prenait de la vitesse. Il disparut très vite dans une courbe.

Plusieurs chocs sourds ébranlèrent la carrosserie blindée de la Land Cruiser. Désormais, c'est sur eux qu'on tirait. Les points lumineux continuaient de partir des rochers noirs… C'était une véritable embuscade. Jim Doolittle arrêta brutalement le véhicule sur le bord de la route. Celle-ci était désormais déserte. Les voitures qui se trouvaient derrière eux, avaient entendu les coups de feu et s'étaient prudemment arrêtées.

– *Get out !* [1] hurla Jim Doolittle.

1. Sortez !

Malko le suivit, sortant par le côté protégé par le blindage. Les trois Land Cruiser se vidaient de leurs occupants, qui prenaient abri derrière leur blindage. Plusieurs soldats ouvrirent le feu au M.16 sur la zone d'où partaient les coups de feu. Malko tendit l'oreille et entendit le bruit caractéristique d'un « *Poulimiot* »[1] russe.

Jim Doolittle le tira à lui, l'écartant de la Land Cruiser.

– *Take care* ! lança-t-il, il ne faut pas rester près du véhicule. Ils ont peut-être un RPG…

Derrière le troisième véhicule, une équipe était en train de mettre en batterie un mortier de 60. Le premier obus fit jaillir un nuage de poussière dans les rochers noirs. Maintenant, tout le monde tirait des deux côtés. Les Talibans se trouvaient à environ 200 mètres en surplomb, et arrosaient la route. Après avoir tiré une longue rafale, Jim Doolittle cria :

– J'ai alerté Bagram. Ils envoient des hélicos.

Grâce au GPS, on avait pu localiser leur position avec exactitude. Malko regretta de ne pas avoir pris son GSH, quoiqu'un simple pistolet automatique, dans de telles circonstances, n'était guère efficace.

Un impact tapa le pare-brise, y creusant une étoile.

Visiblement, les Talibans se gardaient bien de tenter de descendre sur la route, sachant qu'ils avaient en face d'eux des soldats entraînés et surarmés, qui allaient sûrement appeler au secours.

1. Fusil mitrailleur russe.

La rumeur de l'embuscade avait dû se répandre car plus aucun véhicule n'arrivait en face.

Le mortier de 60 continuait à cracher ses petits obus et les « *marines* » vidaient chargeur après chargeur. Soudain, il sembla à Malko que le feu ralentissait sur la colline d'en face. Effectivement, il y avait moins de traits lumineux. Terrés contre les trois véhicules blindés, les Américains ralentirent aussi leur feu. Puis, tout à coup, le silence revint.

– Ils se replient ! annonça Jim Doolittle.

Il y eut encore quelques rafales puis les militaires commencèrent à se relever. L'âcre odeur de la cordite flottait dans l'air. Plus aucun bruit ne venait de la colline, mais la route était toujours déserte.

– Je voudrais voir où est la Corolla dans laquelle j'aurais dû me trouver, dit Malko.

Aussitôt, quatre « *marines* » l'encadrèrent pour traverser la route. Planté au bord du ravin, il aperçut une centaine de mètres plus bas une voiture qui achevait de brûler. Apparemment, personne n'en était sorti…

Un silence minéral régnait sur la route. Ce qui leur permit d'entendre le grondement des hélicos. Deux « *Blackhawks* » apparurent, se faufilant entre les ravins, et survolèrent la route dans un bruit assourdissant, partant ensuite dans la direction des attaquants.

Ils revinrent quelques minutes plus tard, demeurant en vol stationnaire au-dessus de la route. Jim Doolittle entra en contact radio avec eux et résuma pour Malko.

– Ils n'ont rien vu, mais c'est un terrain très accidenté…

« Ils vont quand même nous escorter jusqu'à Kaboul. On repart.

Tout le monde remonta, laissant des tombereaux de douilles sur la route. Après la courbe, ils aperçurent une longue file de véhicules immobilisés, attendant la fin de l'accrochage. Désormais, ils ne risquaient plus rien. Vingt minutes plus tard, la plaine de Kaboul apparut devant eux. Ils franchirent sans s'arrêter un check-point de la police afghane et commencèrent leur descente sur Kaboul. La route était totalement déserte.

– Je vous ramène au Serena ? demanda Jim Doolittle.

– Peut-être pas, dit Malko, j'essaie de joindre Warren Muffet.

Ce qu'il fit séance tenante. Bien entendu, le chef de Station de la CIA était déjà au courant de l'incident.

– Vous êtes OK ? demanda-t-il aussitôt à Malko.

– Absolument ! confirma celui-ci, mais j'aimerais vous voir.

« Cette attaque est étrange.

– Oh, il y en a déjà eu plusieurs dans le coin, assura l'Américain.

« Ils ont dû voir les trois Land Cruiser de l'ISAF passer vers Ghazni et ils se sont dit qu'ils allaient les taper au retour. C'est classique.

– Vous ne savez pas tout, répliqua Malko. On en parle tout à l'heure.

***

Si c'était une attaque de Talibans « *normale* » dirigée contre un convoi de l'ISAF, pourquoi les agresseurs avaient-ils commencé par viser la Corolla où aurait dû se trouver Malko, qui aurait pu ne pas appartenir au convoi ?

***

Warren Muffet était perplexe.

– Je ne comprends pas, avoua-t-il. Si c'était l'équipe Karzai qui avait voulu s'attaquer à vous, ils n'auraient pas sacrifié ce jeune homme qui vous servait d'interprète.

« Évidemment, un attaquant peut avoir mal visé et touché cette voiture par inadvertance.

– Bien sûr ! reconnut Malko, mais la Corolla roulait bien en avant des trois Land Cruiser. Elle pouvait très bien n'avoir rien à faire avec nous. Cette attaque était préméditée. Le minibus qui nous précédait a tout fait pour nous ralentir et a disparu ensuite.

– C'est bien la méthode talibane, reconnut le chef de Station de la CIA. D'ailleurs, les hélicos ont confirmé qu'il s'agissait d'un groupe armé qui s'était dispersé dans la zone montagneuse. Là où il n'y a pas de troupes gouvernementales.

Pourquoi les Talibans s'attaquaient-ils à Malko ? Ce dernier avait l'impression d'être un punching-ball.

– Je vais parler à Clayton Luger, annonça-t-il.

– Je vous laisse mon bureau, proposa Warren Muffet. Je vais à l'ambassade.

Malko s'installa et attendit d'être seul pour composer le numéro de Clayton Luger. Il n'avait plus du tout envie de rester à Kaboul dans cette ambiance de trahison.

Le n° 2 de la CIA répondit immédiatement.

– Je viens d'arriver au bureau, annonça-t-il. Que se passe-t-il ?

Malko lui relata l'attaque dont il venait d'être l'objet, et conclut :

– Cette fois, ce ne peut être *que* les Talibans. C'est de mauvais augure pour nos discussions. Que dois-je faire ?

Visiblement, l'Américain était déstabilisé par ce nouvel incident.

– Allez voir votre contact, conseilla-t-il, essayez de tirer l'affaire au clair ! Il est impérieux que vous arriviez à les convaincre ; depuis, mon retour, nous avons eu plusieurs réunions à ce sujet. Puisque Karzai s'accroche, il faut absolument un plan B. Nous avons besoin des Talibans. Il faudrait qu'ils ne nous fassent pas payer leur alliance d'un prix prohibitif.

« Accrochez-vous !

***

Parviz Bamyan, qui suivait toujours le dossier Malko, ne savait plus sur quel pied danser. Il avait sur son bureau le rapport concernant l'attaque où avait péri Nassim Madjidi. D'abord, ils avaient cru à la mort de Malko et ce n'est qu'en retrouvant l'épave de la voiture qu'on avait été sûr qu'il ne s'y trouvait pas.

Pourquoi ?

Seul, lui, pourrait le dire.

Ce qui perturbait Parviz Bamyan c'est que l'ISAF et les Afghans avaient positivement identifié un groupe de Talibans qui s'était déjà livré à des attaques semblables dans la région. Or, Malko était visé, de toute évidence. Ce qui mettait à mal la théorie du NDS selon laquelle ce dernier avait repris des contacts avec les Talibans pour comploter contre Karzai.

On n'essaie pas de tuer les gens avec qui on négocie.

Quelque chose ne collait pas.

En tout cas, il allait très vite savoir si Malko quittait Kaboul. Si ce n'était pas le cas, il allait se trouver devant une situation délicate.

Impossible de toucher au *maulana* Kotak, protégé de Karzai. À moins que celui-ci ne soit qu'un leurre et que les vrais contacts aient lieu ailleurs.

Il fallait absolument « cerner » Malko.

L'opération avait commencé mais pouvait demander du temps. En plus, il était forcément sur ses gardes.

***

Lorsque Malko se fit déposer à la mosquée Wazir Akbar Khan, il était bien décidé à pousser le *maulana*

Kotak dans ses retranchements. Avant de continuer, il *devait* savoir, *qui*, chez les Talibans, voulait sa peau.

Une douzaine d'hommes priaient sur l'esplanade devant la mosquée, profitant des derniers rayons du soleil qui tombait vite.

Le religieux, dès qu'il fut introduit, l'accueillit avec sa jovialité habituelle. Malko s'assit en face de lui et lança froidement :

– Vos « sources » vous ont-elles dit qu'on avait *encore* essayé de me tuer hier ?

Le religieux ouvrit de grands yeux.

– À Yusuf Khel ?

– Non, sur le chemin du retour. Un groupe de Talibans a attaqué notre convoi et notamment une voiture où j'aurais dû me trouver qui a été entièrement détruite et ses occupants tués.

– Comment savez-vous que ce sont des Talibans ? demanda le religieux d'une voix douce.

Malko le fusilla du regard.

– Ils ont été identifiés comme tels par l'ISAF, et, de toute façon, il n'y a pas beaucoup d'autres groupes armés.

Le *maulana* semblait perplexe.

– Si c'est exact, ce pourrait être des membres du groupe Haqqani.

« Ils ne nous obéissent pas et prennent leurs ordres chez les Pakistanais.

– De toute façon, martela Malko, je *veux* savoir la vérité. Vos « sources » peuvent trouver. Vous m'avez toujours souligné que la *Choura* de Quetta dirigeait le mouvement. C'est le moment de le prouver.

Le *maulana* Kotak semblait embarrassé. Pour la première fois, Malko le sentait désarçonné.

– Je vais demander une enquête, lâcha-t-il d'une voix mal assurée.

– Lorsque vous avez des résultats, conclut Malko, mettez-moi un SMS ! J'ai un projet à vous soumettre de la part de Washington.

***

Lorsque Malko fut parti, le *maulana* Mousa Kotak ferma les yeux et adressa une longue prière muette à Allah. Sans la décision de Malko de changer de voiture, ce dernier serait mort et les Américains n'auraient certainement pas apprécié. Or visiblement, ils avaient encore l'intention de s'appuyer sur les Talibans.

Il fallait donc qu'il trouve une explication plausible pour calmer Malko et prouver qu'il n'était pour rien dans cet attentat qu'il avait pourtant organisé, à la demande de la *Choura* du mollah Omar. Le traumatisme de l'échec de l'attentat contre Karzai était tel que la *Choura* n'avait plus qu'une idée : supprimer tout lien entre elle et cet acte de guerre.

Maintenant, il fallait réparer les pots cassés. Il eut une idée : dès que Malko Linge lui aurait précisé les intentions de Washington, ils feraient venir de Quetta un représentant de la *Choura*, par exemple le mollah

Abdul Ghani Beradar, que connaissaient les Américains et qui leur montrerait que les discussions étaient sérieuses. Il se mit aussitôt à rédiger un long mail qui partirait par un canal sécurisé.

À condition que le mollah Beradar accepte de prendre le risque de mettre les pieds en Afghanistan.

***

Malko était encore de mauvaise humeur lorsqu'il regagna le Serena. Sa rencontre avec le *maulana* Kotak ne lui avait pas laissé une bonne impression. Il *savait* que c'étaient des Talibans qui l'avaient attaqué. Donc, le religieux devait tirer l'affaire au clair. Comme il n'avait pas envie de regagner sa chambre, il alla au bar sans alcool ; au fond du couloir, à droite de la réception.

La première personne qu'il vit fut la jeune femme qu'il avait déjà repérée deux fois. Elle était assise devant un jus de fruits en train de pianoter sur un ordinateur. À part elle, le bar était vide. Lorsqu'elle aperçut Malko, elle leva la tête et lui adressa un sourire timide, avant de replonger dans son écran.

Il s'installa à la table voisine et commanda un café. La présence de cette belle inconnue le détendait. Pendant un moment, il ne se passa rien. Puis, la jeune femme ferma son ordinateur et demanda l'addition. En la signant, ce qui prouvait qu'elle résidait à l'hôtel.

Au moment où elle se levait, il se jeta à l'eau et demanda en anglais :

– Vous êtes journaliste ?

La jeune femme s'arrêta et lui sourit.

– Non, dit-elle, je travaille pour la Fondation de l'Aga Khan qui possède l'hôtel. Nous étudions d'autres implantations et des améliorations.

Elle lui faisait face, souriante, visiblement contente de parler à quelqu'un.

– Vous avez le temps de reprendre un café ? demanda Malko.

Elle secoua la tête négativement.

– Non, je vais me détendre un peu au sauna. J'ai beaucoup travaillé aujourd'hui. Peut-être à une autre fois.

Elle s'éloigna d'une démarche gracieuse, laissant Malko sur sa faim... Puisqu'elle vivait à l'hôtel, il allait fatalement la retrouver à la salle à manger du Serena. À Kaboul, une femme seule n'allait pas dîner à l'extérieur. Il se fit une raison. Tant que le *maulana* Kotak ne lui avait pas communiqué le résultat de son enquête, il n'avait rien à faire.

***

Le SMS du *maulana* Mousa Kotak arriva à 3 h 10 : « *je vous invite à prendre le thé* ».

À 4 heures, Malko traversait le jardin ensoleillé de la mosquée Wazir Akbar Khan pour gagner le bureau du religieux. Celui-ci était en train de lire le Coran. En voyant Malko, il posa le Saint Livre et vint vers lui, irradiant une joie en apparence sincère.

– Mon enquête a été rapide, annonça-t-il, car nous avons des informateurs au sein du groupe Haqqani. J'en suis désormais certain, l'attaque dont vous auriez pu être victime a été menée par un commandant qui dépend d'eux et n'a aucun lien avec Quetta. Comme je vous l'ai dit, ils n'obéissent qu'aux Pakistanais.

« Je remercie Allah que vous ayez échappé à la mort.

C'étaient probablement les seuls mots sincères de son discours. Malko décida de le croire. Après tout, son histoire était *presque* vraisemblable et il n'était pas en mesure de prouver le contraire.

– Très bien, dit-il. De votre côté, donc, personne ne me veut du mal ?

– Bien au contraire, assura le *maulana* Kotak, moi-même je prie pour vous très souvent. Si vous pouviez nous aider à débarrasser l'Afghanistan de Karzai…

Malko s'assit à côté du religieux.

– Justement, dit-il, Washington m'a confié une seconde mission qui va dans le même sens que la première, avec des moyens différents.

– De quoi s'agit-il ? demanda le *maulana*, penché vers Malko.

Ce dernier enchaîna :

– Washington est persuadé que l'année prochaine, Hamid Karzai, qui ne peut pas se présenter aux élections présidentielles, va tenter de pousser en avant un des ses « *cronies* » ; quelqu'un, qui, s'il est élu, lui mangera dans la main ensuite.

– C'est probable, reconnut le *maulana* Kotak. Avez-vous une solution pour éviter ce cas de figure ?

– Nos amis de Washington songent à soutenir un autre candidat, continua Malko.

– Lequel ? demanda aussitôt le religieux.

– Je ne peux pas encore vous dire son nom, mais ce sera quelqu'un d'intègre.

Autant dire la perle rare en Afghanistan…

Le *maulana* Kotak hocha la tête.

– Un Pachtoun ?

– Je ne sais pas, avoua Malko, mais j'aimerais en discuter avec quelqu'un de haut placé à la *Choura*.

Le religieux demeura quelques instants silencieux puis laissa tomber :

– C'est possible, mais pour qu'un de ses membres se déplace, il faudra lui livrer le nom de ce candidat. Ce n'est pas négociable. Nous, Talibans, avons des critères très stricts pour accepter un candidat. Il doit être honnête, pieux et sans aucun lien avec Karzai. Revenez me voir lorsque vous serez certain de pouvoir livrer ce nom ! Je verrai alors quelle suite donner à ce projet.

***

Parviz Bamyan acheva d'éplucher la liste des départs de l'aéroport de Kaboul pour les trois prochains jours. Heureusement, il n'y avait pas beaucoup de vols et les passagers réservaient toujours à l'avance.

Aucune trace de Malko Linge.

Il avait également vérifié auprès du Serena où l'agent de la CIA n'avait manifesté aucun signe de départ.

Si Malko Linge demeurait à Kaboul, ce ne pouvait être que pour une raison précise. Il n'était pas en vacances. Cette raison, s'il ne la découvrait pas, Parviz Bamyan risquait de perdre sa place et peut-être plus.

Il appela aussitôt le directeur de cabinet de Karzai : il avait besoin d'instructions précises pour savoir jusqu'où il pouvait aller trop loin.

CHAPITRE XIX

Malko observait du coin de l'œil la jolie brune en train de se servir au buffet. Son calcul avait été exact : elle dînait à l'hôtel. Il y avait une poignée de Japonais, quelques Américains et une table d'Afghans.

Le menu était immanquablement le même. Le *palau* et ses quelques variantes : si on n'aimait pas le riz, il valait mieux passer son chemin…

L'inconnue terminait son café. Elle se leva et passa à la caisse signer son addition. Malko était déjà debout. Il se garda bien de l'aborder au restaurant, attendant qu'elle soit dans le couloir pour la rattraper. Lorsqu'il fut à sa hauteur, elle tourna la tête et le reconnut, disant poliment « *good night* ». Mais sans ralentir.

– Voulez-vous bavarder quelques instants, avant d'aller vous coucher ? proposa Malko. Il n'y a pas beaucoup de distractions à l'hôtel.

Sans s'arrêter, la jeune femme tourna la tête avec un sourire d'excuse.

– Ce ne serait pas convenable ! Ici, le personnel est très strict.

« Nous ne nous connaissons pas.

– Un peu, maintenant, argumenta Malko.

Elle secoua la tête.

– Vous les Européens, vous ne comprenez pas nos coutumes. Je suis désolée.

Arrivée au lobby, elle tourna à gauche et Malko la suivit. Elle se tourna à nouveau vers lui, affichant une légère contrariété.

– Vous me suivez ?

Il y avait une nuance de moquerie dans sa voix.

Vexé, Malko rétorqua aussitôt :

– Non, je rentre simplement dans ma chambre. Vous êtes dans cette aile ?

– Oui, dit-elle.

Ils arrivèrent ensemble à l'ascenseur et Malko s'effaça pour la laisser passer. Dans le petit espace de la cabine, il put mieux l'examiner. Ses traits étaient réguliers, avec une bouche assez épaisse, de grands yeux sombres en amande, un nez légèrement busqué. La veste de tailleur découvrait une poitrine pleine, moulée par le cachemire à col roulé.

Une très jolie femme.

Ils sortirent ensemble de l'ascenseur. L'inconnue marchait devant lui et s'arrêta à la chambre voisine de la sienne, à la grande surprise de Malko.

– Nous sommes voisins ! remarqua-t-il.

– Je ne le savais pas, dit l'inconnue, en mettant la clef dans la serrure.

Malko en fit autant dans la sienne, puis revint à la charge :

– Nous pouvons rester bavarder quelques instants. Il n'y a personne dans ce couloir.

Curieusement, au lieu de refuser, la jeune femme objecta :

– Des gens pourraient venir. L'hôtel n'est pas vide.

– Alors, allons bavarder chez moi !, proposa Malko. Je n'ai pas envie de dormir.

Il avait grand ouvert la porte de sa chambre. Son regard croisa celui de la jeune femme et il vit qu'elle hésitait. Bien décidé à la brusquer, il la prit gentiment par le bras et la poussa à l'intérieur. L'inconnue ne résista pas et ils se retrouvèrent dans sa chambre. Déjà, Malko avait refermé la porte. Il prit les devants et gagna le fond de la chambre, s'installant dans un des deux fauteuils encadrant la table basse, en face de la fenêtre. Son « invitée » était restée debout au milieu de la chambre, les bras ballants.

– Comment vous appelez-vous ? demanda-t-il.

– Shaheen Zoolor, dit-il timidement.

– Moi, Malko Linge, je travaille pour la Communauté européenne. J'effectue une mission de contrôle des ONG. Venez vous asseoir.

Enfin, Shaheen Zoolor se décida et vint s'installer timidement au bord du fauteuil.

– Vous voulez un fruit ? demanda Malko, désignant la corbeille sur la table basse.

La jeune femme secoua la tête.

– Non, non, je ne vais pas rester. Si on me voyait ici, ce serait très grave, je serais immédiatement renvoyée.

Elle semblait totalement traumatisée. Cependant, elle ne se levait pas. Ils finirent par échanger quelques mots et elle se dégela un peu. Pourtant, vingt minutes plus tard, elle regarda sa montre et annonça :

– Je vais rentrer. Pourvu que je ne croise personne !

– Je vais surveiller le couloir, promit Malko.

Il alla ouvrir la porte : le couloir était vide.

– Venez ! dit-il.

Elle le frôla et il sentit sa poitrine effleurer sa veste d'alpaga. Leurs regards se croisèrent quelques fractions de seconde et Malko dit en souriant :

– J'espère que vous reviendrez me voir.

Shaheen Zoolor ne répondit pas et se glissa jusqu'à la porte de sa chambre où elle disparut comme un fantôme.

Pourtant, son parfum flottait encore dans la chambre de Malko. Une sensation agréable.

Il se demanda ce que lui réserveraient les jours suivants. La balle était dans le camp du *maulana* Kotak.

***

Le soleil s'était établi sur Kaboul. Avec le *Norouz*, le printemps s'était installé. Malko prenait son petit déjeuner lorsque un SMS s'afficha :

« *Venez me voir à quatre heures. Maulana Mousa Kotak.* »

Malko se demanda quelle fable allait lui raconter le religieux.

Lorsqu'il appela Warren Muffet pour demander une voiture, le chef de Station de la CIA semblait stressé.

– On a perdu un hélico dans le sud. Cinq morts, annonça-t-il. Des Talibans planqués dans un village. Nous avions monté une milice là-bas, ils ont été retournés…

Dans cet hôtel paisible et cossu, cette vision de guerre était incongrue, mais, c'était ça l'Afghanistan. Tout semblait calme et puis, brusquement, un kamikaze se faisait sauter avec une charge explosive.

En réalité, le pays était l'enjeu d'une remplacable lutte de pouvoir entre différentes factions, toutes plus féroces les unes que les autres. Et Malko se trouvait au milieu, représentant le seul groupe vraiment extérieur qui se faisait enfumer par tout le monde ; les Américains avaient beau faire, les Afghans seraient toujours plus malins qu'eux…

Malko tua le temps devant la télé, faisant une courte apparition dans le lobby sans apercevoir Shaheen Zoolor.

L'hôtel semblait vide. Ses occupants, beaucoup de Japonais, partaient très tôt le matin et revenaient tard le soir.

Lorsqu'il sortit, il fut agréablement frappé par la chaleur. La Land Cruiser avec Jim Doolittle arriva quelques instants plus tard et Malko lui indiqua sa destination.

Certain d'être suivi.

Malheureusement, il ne pouvait pas se transformer en homme invisible.

***

Les deux barbus qui devisaient devant la mosquée Wazir Akbar Khan en se tenant par la main jetèrent un regard hostile à Malko, qui n'était visiblement pas musulman.

Le jardin commençait à fleurir et une dizaine d'hommes étaient agenouillés sur les tapis usés de l'esplanade. Tournés vers la Mecque. L'Afghanistan avait beau être un pays soufiste, les gens étaient très croyants.

Contrairement à son habitude, le *maulana* Kotak ne souriait pas quand il accueillit Malko. Il referma soigneusement la porte et entraîna son visiteur dans son « coin-coussins ».

Après avoir servi le thé, il ouvrit la conversation d'une voix grave.

– J'ai une très bonne nouvelle, annonça-t-il.

– Laquelle ?

– J'ai transmis votre demande à Quetta. Notre commandant, le mollah Omar a tranché. Il va vous envoyer le mollah Abdul Ghani Beradar pour discuter de votre proposition. C'est un grand honneur et il va prendre de gros risques pour venir ici. Il ne s'est pas rendu à Kaboul depuis dix ans ! C'est un de ceux que le NDS traque particulièrement ; ils ont essayé de le faire assassiner trois fois à Quetta et à Karachi.

« Les Américains le connaissent et vous pouvez leur donner son nom.

– Je pourrais le rencontrer ailleurs, au Pakistan, par exemple, suggéra Malko, si c'est si dangereux pour lui de venir ici.

– Non, objecta le *maulana* Kotak, au Pakistan, l'ISI[1] serait immédiatement au courant de votre rencontre. Et ils poseraient beaucoup de questions : ils se méfient des Américains…

Tout le monde se méfiait de tout le monde…

– Je serai heureux de le rencontrer, affirma Malko.

Le religieux se pencha vers lui.

– Attendez ! Il y a une condition. Mollah Abdul Ghani Beradar ne viendra ici que si vous êtes prêt à lui révéler le nom de celui que les Américains pousseraient à la présidence.

– Je ne le connais pas moi-même, objecta Malko.

– Les Américains le connaissent et il faut qu'ils vous autorisent à nous le révéler. Sinon, il ne peut pas y avoir de négociations…

– Je ne peux pas m'engager maintenant, dit Malko, cela ne dépend pas de moi.

– Dès que vous serez fixé, revenez me voir !, conclut le *maulana* Kotak. À ce moment, seulement, j'organiserai le voyage du mollah Abdul Ghani Beradar.

Il raccompagna Malko avec sa bonhomie habituelle et son regard rieur.

À peine dans la Land Cruiser, Malko lança à Jim Doolittle :

– On va à l'hôtel Ariana.

1. Inter Services Intelligence. Services pakistanais.

***

Warren Muffet ne broncha pas lorsque Malko lui demanda d'utiliser sa ligne sécurisée pour appeler Langley. Et ne posa pas non plus de questions… Cinq minutes plus tard, Malko avait Clayton Luger en ligne et lui relatait son entretien.

– C'est formidable ! approuva le n° 2 de la CIA. Maintenant, pour le candidat présidentiel, je dois poser la question. C'est la Maison Blanche qui décide. Je vais le faire immédiatement. Rappelez-moi dans une heure !

Malko n'avait plus qu'à descendre à la cafétéria de l'hôtel Ariana où il n'y avait malheureusement que du café « américain » infect. Le Nespresso n'avait pas encore traversé le monde. Vingt minutes plus tard, il fut rejoint par Warren Muffet qui avait eu vent de son passage.

– Je vais partager un café avec vous, proposa l'Américain. J'ai un break. Vous avancez ?

– Avec précautions, reconnut Malko. Quelles nouvelles de votre côté ?

– On dit que Karzai s'affaire beaucoup pour trouver un candidat à la prochaine présidentielle. Il voudrait pousser en avant un membre du Hezb-e-Islami.

– Qu'est-ce que c'est ? demanda Malko.

– Une formation étrange, à mi-chemin entre les Talibans et Karzai. Je pense contrôlée en sous-main par Karzai. Mais il y a d'anciens Talibans en son sein… C'est le dernier plan secret de Karzai.

– Il a une chance de marcher ?

– Sur le papier, non, mais ici, on ne sait jamais, cela dépend de l'argent qu'on met sur la table.

Son portable couina et il regarda le SMS qui venait d'arriver.

– C'est ma secrétaire, dit-il, Langley vient de vous rappeler. Il faut remonter.

***

Malko dut patienter dix minutes. Clayton Luger parlait sur une autre ligne. Lorsqu'il eut enfin le n° 2 de la CIA, ce dernier semblait très excité.

– J'ai eu John ! annonça-t-il. Il vous donne le feu vert et trouve très encourageant que le mollah Abdul Ghani Beradar vienne vous rencontrer à Kaboul. Il prend de sacrés risques...

– C'est son problème, dit Malko.

L'Américain eut un petit rire sec.

– Cela pourrait devenir le *vôtre*. Si Karzai apprend que vous traitez avec lui, à Kaboul, il va devenir fou furieux. C'est sa bête noire. Soyez *très* prudent !

– J'essaierai, promit Malko, hélas, je ne contrôle pas tout. Alors, de quoi s'agit-il ?

Clayton Luger ne répondit pas immédiatement.

– Avant de révéler ce nom, dit-il, il faut vous assurer que cela restera dans un cercle extrêmement restreint. C'est une information que personne ne connaît encore. Y compris le principal intéressé. Inutile de le faire rêver… Une fois les pourparlers avancés avec les Talibans, vous pourrez le mettre au courant.

– Il va bien falloir que je révèle ce nom au mollah Beradar, objecta Malko. C'est la condition *sine qua non*…

– Bien sûr. Je vais vous le donner, mais vous ne devez le révéler qu'à votre interlocuteur, même pas au *maulana* Kotak. Il s'agit de l'ancien candidat contre Karzai à la présidentielle de 2009.

« Il avait obtenu 32 % des voix, ce qui est énorme. En effet, il n'est pachtoun que par son père, sa mère est une tadjik. Et puis, c'était le bras droit de Massoud. Autant dire que les Talibans ne l'aiment pas beaucoup.

« Il s'agit d'Abdullah Abdullah. J'espère que le mollah Beradar ne s'étranglera pas en entendant son nom.

CHAPITRE XX

Cette fois, Malko était retourné à la mosquée Wazir Akbar Khan sans même avertir le *maulana* Kotak, directement de l'hôtel Ariana. La nuit tombait et une foule compacte se pressait devant la mosquée pour la prière du soir. Il se faufila entre les barbus enturbannés et gagna l'entrée du local occupé par les religieux.

Le gardien, après l'avoir prévenu, fit entrer Malko. Le *maulana* Kotak sembla surpris de le revoir si vite.

– J'ai votre réponse, annonça Malko, c'est oui.

Le visage du religieux s'éclaira.

– C'est une très bonne nouvelle ! Je vais la transmettre immédiatement à Quetta. Vous savez *vraiment* le nom ?

– Absolument, confirma Malko. Il est tellement confidentiel que je ne suis même pas autorisé à vous le communiquer.

Le *maulana* Kotak eut un geste presque comique de défense, se bouchant les oreilles.

– Je ne veux même pas l'entendre ! affirma-t-il, je ne suis qu'un humble intermédiaire. Dès que je saurai quand le mollah Beradar arrivera, je vous le ferai savoir.

– Où vais-je le rencontrer ? demanda Malko. Ici ?

– Sûrement pas !

L'exclamation était partie du cœur. Le *maulana* Kotak baissa la voix, comme s'ils étaient écoutés, et précisa :

– Ce serait trop dangereux pour lui. Nous sommes surveillés en permanence par le NDS. Non, il faut trouver un endroit de rendez-vous plus sûr. Je ne suis même pas obligé d'être là. Le mollah Beradar parle parfaitement anglais. Vous n'auriez pas une idée ? Malko s'étonna :

– Vous connaissez mieux Kaboul que moi. Pourquoi me posez-vous cette question ?

– Beaucoup de nos structures sont pénétrées par les gens de Karzai, expliqua le religieux. L'idéal serait que vous puissiez rencontrer mollah Beradar dans un endroit où vous pouvez aller sans éveiller les soupçons. Où il pourrait éventuellement se rendre directement.

Une seule adresse vint à l'esprit de Malko : la guest house de Maureen Kieffer. Le NDS savait qu'il voyait la jeune femme, qui n'était en aucune façon liée aux Talibans. Évidemment, il devait obtenir son autorisation.

– Je vais réfléchir, dit-il prudemment, mais pensez à une solution de votre côté…

***

Maureen Kieffer était prise, mais proposa à Malko de le voir au Serena où elle devait rencontrer un de ses clients. À huit heures au bar. Il avait juste le temps de revenir à l'hôtel. Le hall, comme souvent, était plein de Japonaises hideuses aux jambes arquées, membres d'une quelconque ONG. Comme il repassait par sa chambre, il tomba devant l'ascenseur sur Shaheen. Cette fois, elle s'arrêta pour échanger quelques mots avec lui.

– Vous ne voulez toujours pas dîner avec moi ? proposa-t-il, hors de l'hôtel.

La jeune femme sembla effrayée.

– Non, non.

Elle s'enfuit littéralement dans l'ascenseur.

Lorsque Malko débarqua au bar quelques minutes plus tard, Maureen Kieffer était déjà installée en face d'un grand costaud roux aux avant-bras comme des troncs d'arbre. Elle adressa un clignement d'œil à Malko qui s'assit à une table voisine. Quelques instants plus tard, elle le rejoignait.

– Je ne peux pas rester longtemps, expliqua-t-elle, on n'a pas terminé la discussion. Tu voulais me voir pour une raison précise ?

– Oui, dit Malko. Pour te demander un service.

Elle sourit.

– Si je peux, ce sera avec plaisir.

– Je dois rencontrer quelqu'un qui n'est pas en odeur de sainteté à Kaboul, précisa-t-il. Je ne te dis pas qui, c'est inutile. Ce serait pratique que je puisse le rencontrer chez toi. Tu n'as pas besoin d'être là.

La Sud-Africaine hésita à peine.

– Dis-moi quand, on s'organisera !

– Le problème, c'est que je ne sais même pas aller chez toi.

Elle sourit, retourna à sa table et prit une carte dans son sac.

– Voilà, l'adresse est en dari. Il ne peut pas se tromper. Je suppose que ce n'est pas une femme, ajouta-t-elle en souriant. Ici, les femmes ne font pas ce genre de choses. Quand tu sauras, appelle-moi et donne-moi de vive voix le jour et l'heure du rendez-vous ! *Ciao !*.

Il n'avait plus qu'à affronter la triste salle à manger où, de nouveau, il retrouva Shaheen seule à une table... Il fit comme la fois précédente, mais, cette fois, ne l'aborda pas dans le couloir, la suivant jusqu'à l'ascenseur.

Lorsqu'ils se retrouvèrent dans l'étroite cabine, c'est la jeune femme qui rompit le silence.

– Vous étiez avec une très jolie femme au bar tout à l'heure, remarqua-t-elle.

– Je ne vous ai pas vue, dit Malko.

– J'ai juste passé le nez, il y avait trop de monde, expliqua-t-elle.

L'ascenseur s'arrêta et ils sortirent ensemble. Cette fois, Malko alla directement à sa chambre et Shaheen le suivit. Elle n'hésita pas quand il s'effaça pour la laisser entrer la première, et, d'elle-même, gagna le fauteuil où elle se trouvait la veille.

– Je voudrais regarder la télé demanda-t-elle. MTV. Il y a de bons clips.

Elle semblait s'être habituée à lui. Il fit ce qu'elle demandait et observa la jeune femme qui semblait ravie. Cela dura un certain temps, puis elle regarda sa montre et sursauta.

– Mon Dieu, il est tard…

Elle était déjà debout. Il ne la rattrapa qu'à la porte et ils se firent face. Elle détourna les yeux et remarqua d'une voix égale :

– Pourquoi me traquez-vous ?

– Vous aussi, vous êtes très jolie, remarqua Malko.

Ils étaient à quelques centimètres l'un de l'autre. Il se dit qu'il allait peut-être l'effaroucher, mais les relations platoniques n'étaient pas vraiment son style. Il posa une main légère sur la hanche de la jeune fille, effleura rapidement ses lèvres et entrouvrit la porte.

– Bonne nuit ! dit-il.

Il s'attendait à ce qu'elle s'enfuie mais elle demeura clouée sur place, comme foudroyée. Son regard chavirait, elle s'était empourprée. Ses lèvres tremblaient. Tout à coup, elle retrouva la parole pour dire :

– C'est la première fois que j'embrasse un homme !

Ce ne serait sûrement pas la dernière et encore, ce n'était pas un vrai baiser. Malko se dit qu'il valait mieux ne pas insister. Il ouvrit la porte et jeta un coup d'œil dans le couloir.

– Sauvez-vous !, dit-il, il n'y a personne.

Elle se glissa à l'extérieur. Cette fois, il était sûr qu'elle reviendrait… Quel contraste avec la violence qui l'entourait ! Un vrai bain de jouvence. Du coup, il se remit devant les clips de MTV où de chastes danseuses indiennes mimaient l'amour d'une façon totalement dénicotinisée.

***

L'homme qui se présenta à la porte principale du NDS réservée aux piétons ressemblait à n'importe quel Afghan avec son turban grisâtre, sa *camiz charouar* beige et son gilet crasseux. Il tendit à la sentinelle un papier sur lequel était inscrit un numéro de téléphone.

– Appelle ce numéro et dit que Khalid est là !

Subjuguée, la sentinelle obéit. Il y eut une brève conversation puis, le militaire coupa la communication et dit :

– Reste là, on vient te chercher !

Cinq minutes plus tard, un homme en civil arrivé du bâtiment principal fit signe à Khalid, qui le suivit. Ils traversèrent la grande cour pour rejoindre un petit bâtiment au fond, un bureau éclairé au néon au deuxième étage.

Un homme habillé à l'européenne se leva et étreignit le nouveau venu, et proposa :

– *Tchai* ?

– *Baleh, baleh* [1], fit Khalid.

Il but religieusement son thé devant le regard vigilant de l'homme assis derrière le bureau. Lorsqu'il reposa son verre, ce dernier demanda d'un ton léger :

1. Oui, oui.

– Alors, quelles sont des dernières nouvelles de Quetta ?

Khalid était une des plus efficaces « taupes » implantées au sein de la communauté pachtoune de la grande ville du Baluchistan. Cela faisait cinq ans qu'il vivait là-bas, travaillant comme planton à la *Choura* du mollah Omar. Il n'avait jamais fait parler de lui, possédait un CV impeccable et dormait dans un coin de la mosquée. Unanimement apprécié. Évidemment, tout le monde ignorait qu'un de ses cousins travaillait au NDS où il recrutait des sources.

Comme c'était très dangereux d'entrer en contact avec ses employeurs, il venait rarement à Kaboul. Pour ses bons et loyaux services il touchait royalement 500 afghanis[1] par mois qu'il mettait soigneusement de côté pour s'acheter un jour une ferme…

Il essuya sa moustache pleine de thé et annonça timidement :

– J'ai surpris une conversation, je crois que j'ai une bonne information.

– Laquelle ?

Khalid sortit un papier de sa poche, qu'il déplia. Quelques mots étaient griffonnés dessus. Il le tendit à son « traitant ».

– Je sais que cet homme doit venir à Kaboul très prochainement.

Le « traitant » lut le nom et sursauta, levant les yeux sur lui.

1. Environ 10 dollars.

– Tu es sûr du nom ?

– Oui.

– Tu le connais ?

– Non, mais je l'ai vu…

– Décris-le-moi !

– Il est jeune, il a beaucoup de cheveux, un gros nez, la barbe bien taillée. Il est souvent vêtu comme un *haridji*.

Le « traitant » se leva.

– Reprend du thé et attends-moi là !

Il courut presque jusqu'au bâtiment voisin et se rua dans l'ascenseur. Au troisième, il fonça sur les deux hommes qui veillaient devant le bureau de Parviz Bamyan.

– Je suis Mudir Rassoul, dit-il. Va annoncer à ton patron que j'ai un truc important à lui dire !

L'autre disparut derrière la porte capitonnée et revint quelques instants plus tard, lui faisant signe d'entrer. Parviz Bamyan était en train de se colleter avec énormes parapheurs et lança, de mauvaise humeur :

– Qu'est-ce qui se passe ?

– Commandant, fit Mudir Rassoul, j'ai un tuyau fabuleux. Le mollah Abdul Ghani Beradar va venir à Kaboul.

Du coup, Parviz Bamyan posa son stylo. Le mollah Beradar était un des ennemis les plus féroces du gouvernement, qui se gardait bien de mettre les pieds en Afghanistan. On avait déjà tenté de le tuer en vain, à plusieurs reprises.

– Qui t'a dit ça ? demanda-t-il.

– Ma source à Quetta qui vient de débarquer.

– Il sait où il va à Kaboul ?

– Non, je ne crois pas.

– Alors, comment veux-tu qu'on le trouve ? Ton truc, c'est un tuyau crevé. Allez, laisse-moi travailler…

Il le renvoya d'un geste sec et se remit à signer ses parapheurs. Penaud, Mudir Rassoul regagna son bureau. Il fouilla dans sa poche et en tira un billet de 100 afghanis.

– Tiens, dit-il, va t'acheter un bon *palau* ! Si tu en apprends plus, reviens me voir, mais il me faut des détails…

***

Parviz Bamyan était venu à bout de ses parapheurs. Il s'accorda un break pour allumer une cigarette et repensa à l'information communiquée par son subordonné. Brutalement, cela fit « tilt » dans sa tête. Le NDS savait que le mollah Beradar avait été désigné par la *Choura* de Quetta pour tenir des discussions avec les Américains. On était presque sûr de l'avoir vu à Doha.

S'il venait à Kaboul, ce ne pouvait être que pour une raison sérieuse. Il repensa à Malko Linge.

Depuis plusieurs jours, le NDS se demandait pourquoi il était toujours à Kaboul. Il tenait peut-être la réponse… De coup, il n'avait plus besoin de rechercher le mollah Beradar dans les infrastructures talibanes. Il suffisait de surveiller Malko étroitement.

Même si c'était une fausse information, cela ne coûterait pas bien cher. Immédiatement, il donna des instructions dans ce sens, recommandant d'être discret.

Le mollah Abdul Ghani Beradar était un professionnel, un homme éduqué et malin. S'il venait à Kaboul, il allait prendre de multiples précautions. Il faudrait les déjouer.

***

Désormais, c'était devenu un rite. Dès que Shaheen sortit de la salle à manger, Malko lui emboîta le pas à distance respectueuse.

Comme la veille, ils se retrouvèrent devant l'ascenseur. Presque comme un vieux couple.

Au moment où la cabine arrivait, un jeune garçon surgit du couloir et fonça sur Malko. Sans même regarder la jeune femme, il fourra dans sa main un papier plié et s'enfuit.

Étonné, Malko le déplia. C'était un mot manuscrit.

– Demain à six heures, devant le n° 69 de la rue 15 qui part du rond-point Wazir Akbar Khan.

CHAPITRE XXI

Malko regarda le papier et le mit dans sa poche. Étonné. C'était la première fois que le *maulana* Kotak lui donnait rendez-vous ailleurs qu'à la mosquée Wazir Akbar Khan. Il avait jusqu'au lendemain pour repérer les lieux.

De nouveau, il se retrouva avec Shaheen dans l'étroite cabine. Elle lui jeta un regard curieux.

– Je ne vous dérange pas ?

– Absolument pas, affirma Malko, sans parler des messages qu'il venait de recevoir.

Pour se changer les idées il fixa la jeune femme avec plus d'attention. Elle était toujours vêtue de son tailleur-pantalon, sans maquillage, mais dégageait une sensualité naturelle, bien que très discrète.

Elle sortit la première de l'ascenseur et le léger balancement de ses hanches réveilla la libido de Malko. Il vivait sous un tel stress que la moindre distraction lui lavait le cerveau. Cette fois, ils arrivèrent en même temps à sa porte et elle attendit tandis qu'il glissait la carte magnétique dans sa fente. Il y avait du progrès…

Il ne la laissa pas aller jusqu'au fauteuil habituel.

Gentiment, il lui prit le bras et la força à se retourner. Shaheen se laissa faire avec docilité. Face à face, leurs regards se croisèrent. Celui de la jeune femme était moins limpide que d'habitude, avec une nuance interrogative. Malko était bien décidé à brûler les étapes. Il passa avec douceur un bras autour de sa taille et l'attira contre lui.

Elle ne se débattit pas, ne protesta pas et se laissa aller, ouvrant seulement la bouche pour dire d'une voix égale :

– Je sais ce que vous voulez, mais c'est inutile.

– Qu'est-ce que je veux ? demanda Malko, intrigué par cette pseudo-soumission.

Shaheen eut un léger sourire.

– Quand je suis devenue femme, ma mère m'a montré l'ouverture de mon sexe, entre mes jambes et m'a dit : tous les hommes que tu vas rencontrer essaieront de mettre leur sexe dans cette ouverture. Tu dois refuser jusqu'à ce que tu trouves un homme pour te marier, sinon, le malheur s'abattra sur toi. Vous êtes un homme, c'est donc normal que vous en ayez envie.

Elle disait ça d'un ton indifférent, factuel. Malko faillit éclater de rire.

– Vous n'avez pas encore trouvé ? demanda-t-il.

– Je ne veux pas encore me marier, fit la jeune femme, je travaille, je suis contente. Si j'ai un mari, il me battra et il me violera. Si je refuse de céder, il me jettera du vitriol ou il me tuera.

Elle avait une conception radicale des rapports humains. Malko était un peu désarçonné : il n'allait quand même pas la violer.

– Vous n'avez pas peur ? demanda-t-il.

– Non, fit-elle sérieusement. Je ne devrais pas vous intéresser.

« Je n'ai jamais connu un homme, je ne connais rien aux choses du sexe. Je sais seulement que je ne dois pas me laisser faire. Voilà.

Elle le fixait, sans agressivité, sûre d'elle.

Soudain, Malko éprouva une envie irrésistible. Se penchant légèrement il posa ses lèvres sur celles de la jeune femme. Il s'attendait à un sursaut mais, non seulement, elle ne se recula pas, mais ses lèvres s'entrouvrirent légèrement et son corps s'appuya un peu plus contre celui de Malko.

Du coup, il poussa son avantage et glissa sa langue dans la bouche de Shaheen.

À son immense surprise, il sentit une pointe aiguë et chaude venir au-devant de la sienne. En quelques secondes, ils furent plongés dans un baiser brûlant. Jusqu'à ce que Shaheen se détache, un peu essoufflée.

– C'est comme dans les clips indiens ! dit-elle. Les gens s'embrassent presque comme ça.

Malko baissa soudain les yeux et aperçut les pointes de ses seins dessinées par son cachemire ; apparemment, ce baiser ne l'avait pas laissée indifférente.

Elle s'ébroua et dit soudain :

– C'était très agréable. Je vais aller me coucher maintenant.

Visiblement, elle ne reliait pas ce qui était interdit – faire l'amour – et un innocent plaisir physique… Il la raccompagna jusqu'à la porte, sachant qu'il irait un peu plus loin la prochaine fois. La conquête possible de cette vierge sage le changeait agréablement des manips de la CIA.

***

La Land Cruiser de la CIA s'arrêta le long du *chahar*[1] Wazir Akbar Khan, en face d'un check-point barrant la rue n° 15. Celle-ci était le prolongement exact de l'avenue Wazir Akbar Khan. Barrée à son entrée, elle s'enfonçait dans la *« green zone »* particulièrement protégée à cause de la proximité du palais d'Hamid Karzai.

– Remontez l'avenue !, dit Malko à Jim Doolittle. Quand j'ai fini, je vous appelle…

La Land Cruiser arrêtée le long du rond-point aurait pu attirer l'attention. Celle-ci partie, Malko contourna la barrière noire et blanche barrant la route sous l'œil indifférent d'un militaire afghan. Les piétons ne l'intéressaient pas.

La voie était bordée de maisons individuelles, avec un second check-point au fond. Chose rare à Kaboul, les maisons avaient des numéros… Malko parvint devant le n° 69, sur sa gauche et s'arrêta face à un mur de briques et un portail noir à travers lequel on apercevait un jardin.

1. Rond-point

Personne.

Il resta là dans l'ombre, une dizaine de minutes avant qu'une silhouette surgisse du fond de la rue. Un jeune homme mince et barbu, en *camiz charouar*, qui lui adressa un léger sourire et dit :

– *You come !*

Malko lui emboîta le pas et ils partirent jusqu'au fond de la rue, franchissant un second check-point avec la même facilité. Une Corolla sombre était garée dans l'obscurité. Le jeune homme ouvrit la portière arrière à Malko qui aperçut, étalé sur la banquette le *maulana* Mousa Kotak. Il n'y avait personne au volant, mais il aperçut une silhouette debout à côté de la voiture un peu plus loin.

– Merci d'être venus jusqu'ici, dit le religieux. C'est plus sûr qu'à la mosquée. Vous n'avez pas été suivi ?

– Honnêtement, je n'en sais rien, avoua Malko. En tout cas, pas depuis que je suis entré dans cette rue.

– Nous avons un guetteur à l'entrée, assura le religieux. Il m'aurait signalé une présence suspecte. J'ai une bonne nouvelle : le mollah Beradar est arrivé à Kaboul et il souhaite vous rencontrer. Vous pensez pouvoir utiliser l'adresse dont vous m'aviez parlé ?

– Tout est en ordre, assura Malko. Il suffit de me fixer le rendez-vous.

– Demain, sept heures ?

– Pour moi, c'est parfait assura Malko. La personne à qui appartient cette guest-house m'a donné sa carte avec l'adresse en dari. Est-ce que cela suffira ?

– Donnez-moi la carte ! demanda le *maulana* Kotak.

Malko la lui remit, et, après y avoir jeté un coup d'œil, il l'empocha.

– Je vais la remettre au mollah Beradar, dit-il. Je pense qu'il va trouver facilement. Vous serez seul ?

– Oui, à part les gardiens de la guest-house.

– C'est parfait, approuva le religieux. Nous nous reparlerons plus tard, lorsque vous l'aurez vu. N'oubliez pas que le mollah Beradar est un homme extrêmement important ! Pesez vos mots ! Il parle au nom du mollah Omar dont il a toute la confiance.

– J'y veillerai, dit Malko.

Comme d'habitude, le *maulana* Kotak prit sa main droite entre les siennes et murmura :

– Qu'Allah veille sur vous !

Malko sortit de la Corolla et repartit à pied dans la rue 15. Lorsqu'il fut tout près du rond-point Massoud, il appela Jim Doolittle.

– Je suis là dans cinq minutes, annonça l'Américain.

Malko repassa la barrière et, quelques minutes plus tard, la Land Cruiser blanche apparut.

Il n'y avait plus qu'à avertir Maureen Kieffer. Problème, ni Malko, ni Jim Doolittle n'étaient capables d'arriver jusqu'à chez elle.

De la voiture, il appela la jeune femme. Dieu merci, elle était dans son atelier.

– Tu pourrais passer à l'hôtel ? demanda-t-il.

– En coup de vent, fit la Sud-Africaine, vers l'heure du dîner.

***

Désormais, Parviz Bamyan recevait heure par heure le compte rendu des déplacements de Malko. Il avait affecté quinze agents à sa surveillance, vingt-quatre heures sur vingt-quatre.

Il jura. Il était neuf heures du soir et il venait de recevoir son dernier rapport. Malko Linge s'était rendu dans une rue donnant sur le *chahar* Wazir Akbar Khan, mais les deux agents du NDS n'avaient pu découvrir qui il avait été rencontrer. De nombreux étrangers habitaient dans cette rue.

L'Afghan était nerveux : si l'information de la « taupe » de Quetta était exacte, le mollah Beradar se trouvait sûrement à Kaboul pour rencontrer Malko Linge. Cela, c'était sa déduction personnelle, mais il y croyait désormais dur comme fer.

S'il s'emparait de Beradar, mort ou vif, il aurait droit aux félicitations du président Karzai.

***

Maureen Kieffer débarqua à sept heures pile au Serena. Elle avait laissé son chauffeur et la voiture à l'extérieur afin d'éviter les contrôles tatillons. Malko l'attendait dans le lobby.

– On prend vite un café ? suggéra-t-elle. J'ai encore rendez-vous avec un client.

Ils gagnèrent le bar toujours vide et Malko lui communiqua l'heure du rendez-vous du lendemain.

– Pas de problème, assura la Sud-Africaine. Moi, je serai à l'atelier jusqu'à neuf heures du soir. Je vais t'envoyer mon chauffeur pour qu'il t'amène et te raccompagne ensuite. Il y a de quoi boire dans le bar.

Malko sourit :

– Je crois que la personne que je dois rencontrer n'est pas très portée sur l'alcool.

Cinq minutes plus tard, elle était repartie. Désormais, tout était en ordre pour que la rencontre avec le mollah Beradar se passe bien. Il restait à avertir Washington de la bonne nouvelle.

***

– Quand aurez terminé, on ira déjeuner à la cafétéria, proposa Warren Muffet.

Malko avait débarqué à l'hôtel Ariana avec Jim Doolittle après le déjeuner, à cause du décalage horaire. Il n'était plus qu'à quelques heures de son rendez-vous. Le chef de Station de la CIA lui abandonna son bureau et, une fois de plus, il composa le numéro de Clayton Luger. À Washington, il était 8 h 10 du matin… L'Américain écouta son récit et précisa aussitôt :

– Il s'agit d'une rencontre très importante. Vous devez persuader le mollah Beradar que notre méthode est la seule pour contrer efficacement Karzai. S'il a le soutien, même inavoué, des Talibans, Abdullah

Abdullah peut être élu haut la main. Ce qui évitera à la fois un bain de sang avec les Tadjiks et un retour éventuel d'Hamid Karzai sous une forme différente.

– Je ferai mon possible, promit Malko. Mais je doute qu'il me donne une réponse immédiate. Cependant, le fait qu'il prenne le risque de venir me rencontrer à Kaboul montre l'importance que les Talibans attachent à votre projet.

– Il faut sauver l'Afghanistan ! martela Clayton Luger et il n'y a pas trente-six solutions. Si Karzai arrive à s'accrocher, cela débouchera sur une guerre civile pire qu'en 1992...

C'était un comble : les deux ennemis jurés depuis 2001 étaient désormais alliés. Des alliés honteux, mais des alliés.

Sa communication terminée, Malko attendit Warren Muffet qui réapparut cinq minutes plus tard. Il semblait de mauvaise humeur et Malko lui en demanda la raison lorsqu'ils furent installés à la cafétéria.

– Karzai vient encore de nous jouer un tour de cochon, annonça le chef de Station de la CIA. Vous vous souvenez de Gulbuddin Hekmatyar ?

– Évidemment, dit Malko.

Un des chefs fondamentalistes afghans qui avait participé à la lutte contre les Soviétiques, abreuvé d'armes par l'ISI pakistanaise et les Américains, alors qu'il avait toujours proclamé que s'il entrait dans Kaboul, tenu alors par le président Nasibullah, sa première tâche serait de brûler l'ambassade américaine.

Depuis, il ne s'était pas amélioré, constituant un groupe armé séparé des Talibans qui contrôlait certaines zones d'Afghanistan et considéré comme une organisation terroriste par les Américains. Un fanatique qui ne quittait jamais son turban noir.

– Eh bien, enchaîna Clayton Luger, figurez-vous qu'Hekmatyar se trouve à Kaboul, en visite *officielle*, pour une réunion du Hezb-e-Islami, afin de trouver un candidat pour les prochaines élections présidentielles. Nous savons même où il demeure. Seulement, lorsque j'ai averti les Afghans que j'allais m'assurer de sa personne, on m'a dit qu'il n'en était pas question… Ce serait un *casus belli*… Alors qu'une place toute chaude l'attend à Guantanamo…

Hamid Karzai avait *vraiment* de mauvaises fréquentations... Malko se dit que l'alliance contre nature avec les Taliban rétablirait peut-être la situation.

Dans deux heures, il en saurait plus.

***

Malko, installé sur le grand canapé du living-room de Maureen Kieffer, guettait les bruits de l'extérieur… Cela faisait plus d'une heure qu'il attendait. Le rendez-vous était passé depuis longtemps.

Personne ne s'était présenté.

Le chauffeur de la Sud-Africaine était bien venu le chercher au Serena, et depuis, il attendait. Était-il possible que le mollah Beradar n'ait pas trouvé la guest-house ? Avait-il été intercepté ? Tout était envisageable. Déçu, Malko n'avait même pas touché à sa vodka. Il décida d'attendre encore une demi-heure avant de se faire reconduire à l'hôtel. Il n'osait pas par prudence envoyer un SMS au *maulana* Kotak.

À huit heures et demie, il alla chercher le chauffeur installé dans la cuisine.

Horriblement déçu.

Au Serena, il ne trouva aucun message et ne vit même pas Shaheen. Réduit à manger seul dans la salle à manger sinistre au milieu des Japonais…

Ce n'est qu'à onze heures que son portable couina. Un SMS du *maulana* Kotak. Très court : « *demain midi même endroit* ».

Il allait enfin savoir ce qui s'était passé.

CHAPITRE XXII

Cette fois, il n'attendit pas longtemps. Une vieille Corolla blanchâtre s'arrêta devant le n° 69 de la rue 15, un homme seul au volant. D'un geste, il fit signe à Malko de monter, et démarra immédiatement, ressortant sur le rond-point.

Ensuite, Malko perdit le fil du parcours. Ils s'enfoncèrent dans le quartier Shahr-e-Now, dans des rues sans nom, pour finalement s'engouffrer dans une cour dont deux hommes refermèrent immédiatement le portail. Un Afghan l'attendait à l'intérieur, un jeune barbu qui mena Malko jusqu'à un salon aux meubles recouverts de plastique. Un seul homme se trouvait dans la pièce : le *maulana* Mousa Kotak, l'air visiblement soucieux. Il se leva pour accueillir son visiteur.

– Il y a eu un contretemps, annonça-t-il.

– Le mollah Beradar n'a pas trouvé ? demanda Malko.

– Si, si, il est arrivé tout près, et il a envoyé quelqu'un en reconnaissance qui lui a dit que la guesthouse était surveillée. Sûrement le NDS…

« Alors, il est reparti, afin de ne pas prendre de risques.

Malko était catastrophé. Comment le NDS avait-il eu vent de ce rendez-vous ? Il n'y avait pas eu de téléphone, ni de mail, tout s'était fait oralement... Le *maulana* Kotak lui apporta une explication.

– Je pense que le NDS vous soupçonne d'être en contact avec nous et il surveille tous vos points de chute. C'est impossible qu'il ait été au courant de ce rendez-vous. Il s'agit d'une surveillance « aveugle ».

– Qu'est ce qu'on va faire ? interrogea Malko.

– Le mollah Beradar voulait repartir, expliqua le religieux, mais je l'ai convaincu de faire une seconde tentative pour vous rencontrer. Cette fois en utilisant « nos circuits ». Il vous attend donc aujourd'hui à quatre heures dans une boutique tenue par un de nos sympathisants, un homme extrêmement religieux. Vous connaissez Chicken Street ?

– Oui, bien sûr.

– Tout à l'heure, rendez-vous à la boutique n° 276 qui vend des papiers, des écharpes et des vêtements. Il y aura un jeune homme derrière une caisse, à droite de la porte. Demandez-lui s'il a des « *Shatoosh* » !

– Qu'est-ce que c'est ?

– Des écharpes très fines tissées avec des poils d'antilope du Tibet. Ils sont dix fois plus épais que les cheveux humains. C'est interdit à la vente, car, à cause de ces *Shatoosh*, l'espèce est en voie de disparition. C'est le mot de passe. Cet homme vous conduira au mollah Beradar.

***

Malko se fit déposer tout au début de Chicken Street par Jim Doolittle. Nerveux. Heureusement, il était déjà venu plusieurs fois acheter des objets en pierre dans cette rue commerçante de Kaboul et sa présence ne devrait pas éveiller l'attention de suiveurs éventuels.

Il partit à pied dans la rue, qui, au milieu, bizarrement, était barrée, changeant de sens. Il s'appliqua à pénétrer chez une demi-douzaine de marchands d'objets en lapis-lazuli, de bijoux, de tapis. S'intéressant chaque fois à plusieurs objets. C'était facile de repérer les boutiques : chacune portait son numéro sur le fronton… Il arriva enfin au n° 276. Semblable aux autres. Tout en longueur. Il poussa la porte et découvrit des murs couverts d'écharpes en cachemire. Un jeune homme l'accueillit avec un sourire commercial. Des petites lunettes à monture d'acier, un bouc.

– *Welcome, sir*, lança-t-il. Qu'est-ce que vous cherchez ?

– Des *Shatoosh*, fit Malko à voix basse.

L'Afghan secoua la tête.

– Leur vente est interdite, *sir*, dit-il, mais nous avons de très beaux cachemires. Je peux vous les montrer.

Son ton était assez insistant pour que Malko réalise qu'il avait compris.

– Très bien, accepta-t-il. Montrez-les-moi !

Abandonnant son tabouret derrière sa caisse, le jeune homme le précéda jusqu'au fond du magasin et s'engagea dans un petit escalier. Le premier étage était en partie consacré aux tapis. Au fond, il y avait un rideau destiné aux essayages. L'Afghan l'écarta et Malko découvrit, assis sur un tabouret un homme jeune, aux cheveux abondants, le nez important, vêtu en *camiz charouar*.

Le rideau retomba et l'inconnu lui tendit la main, annonçant en anglais :

– Je suis le mollah Abdul Ghani Beradar. Vous avez souhaité me rencontrer. Je connais M. Clayton Luger et je sais que je peux avoir confiance en vous. Le *maulana* Kotak m'a fait part de votre projet. Pouvez-vous m'en dire plus ?

Malko s'était assis sur un tas de tapis face à lui. Il commença son exposé, détaillant la proposition américaine. Le mollah Beradar l'interrompit très vite.

– Avant d'aller plus loin, vous devez me dire le nom de celui que les Américains veulent sponsoriser pour la présidentielle.

– Il ne le sait pas encore lui-même, expliqua Malko. À part certaines personnes à Washington, tout le monde l'ignore.

Le mollah Beradar ne se troubla pas.

– Je *dois* le savoir, dit-il. Certaines personnes sont incompatibles avec nos valeurs.

Malko comprit qu'il ne céderait pas sur ce point. Après tout, il était autorisé à communiquer le nom.

– Vous serez le seul aujourd'hui à le savoir, répondit-il. Il s'agit d'Abdullah Abdullah, le candidat à la présidentielle de 2009.

Les traits du mollah Beradar se raidirent.

– C'est un Tadjik ! lança-t-il.

Visiblement, dans sa bouche, ce n'était pas un compliment...

– À moitié, corrigea Malko, son père est pachtoun.

Malko ajouta aussitôt :

– Je pense que c'est un honnête homme et un ennemi déclaré de Hamid Karzai.

Le mollah Beradar hocha la tête.

– Il n'a pas mauvaise réputation, admit-il, mais a-t-il réellement une chance d'être élu président ?

– Cela dépend de vous, répliqua Malko. Il avait fait 32 % sans votre appui. Votre influence est assez grande dans l'univers pachtoun pour faire voter pour un demi-pachtoun. Vous aviez convaincu en 2000 les fermiers de ne plus planter d'opium. Pourtant, cela allait contre leur intérêt.

– C'était une question religieuse, argumenta le mollah Beradar. Nos paysans sont très pieux. On leur avait expliqué qu'Allah n'approuvait pas la culture de l'opium. Ici, c'est un problème culturel. À la dernière élection, des Pachtouns qui haïssaient et méprisaient Karzai ont voté pour lui parce qu'il était pachtoun.

– Qu'en pensez-vous ? insista Malko.

Le mollah Beradar esquiva.

– C'est une décision que je ne peux pas prendre seul ; il faut que je la soumette à la *Choura* et au mollah Omar. Ce dernier demandera certainement des garanties.

Malko esquissa un sourire :

– Abdullah Abdullah ne peut pas ouvertement se réclamer des Talibans…

– Nous n'en demandons pas tant, assura aussitôt le mollah Beradar.

« Il faudrait, si les choses se précisent, qu'il s'entende avec nos responsables pour un engagement formel pour l'avenir. Nous ne voulons pas tirer les marrons du feu pour lui. Je me méfie des Tadjiks. Ils ne nous aiment pas. Ils nous ont combattus. Abdullah Abdullah était le bras droit de ce chien de Massoud, dont les portraits salissent aujourd'hui les murs de cette ville…

Il y avait encore du travail à faire…

– Si un accord pouvait être obtenu, continua Malko, cela permettrait ensuite une réconciliation nationale qui offrirait à votre mouvement le moyen de revenir au pouvoir. Du moins partiellement.

Le mollah Beradar eut un sourire froid.

– De toute façon, nous reviendrons au pouvoir, mais nous voulons éviter à notre pays de nouvelles souffrances.

C'était un terrain glissant. Malko allait répliquer lorsqu'il y eut un bruit de pas précipités dans l'escalier et le jeune homme du rez-de-chaussée surgit, essoufflé.

Il lança une phrase hachée au mollah Beradar qui se leva immédiatement, jetant à Malko :

– La police est dans la rue ! Je dois partir.

Il se retourna, poussa une cloison découvrant un petit escalier menant probablement au toit et disparut.

Le jeune homme arracha d'une pile deux foulards et les tendit à Malko.

– Prenez-les ! Vous direz que vous les avez achetés. Vite, partez ! Ils vont venir.

Malko ne se le fit pas dire deux fois, dégringolant l'escalier. En bas, la boutique était vide. Il déboucha dans la rue et comprit la panique du mollah Beradar : elle était pleine de policiers en uniforme et en civil qui entraient dans toutes les boutiques.

Le pouls à 200, il s'éloigna, serrant ses foulards.

À un cheveu près, il se faisait prendre en compagnie du mollah Beradar…

– Cela n'aurait pas arrangé ses affaires avec Hamid Karzai.

Il remonta Chicken Street, sans prêter attention aux policiers qui déboulaient de tous les coins. Qui les avait prévenus ? Malko écarta l'idée d'avoir été suivi. La trahison devait venir du côté taliban.

Il aperçut la Land Cruiser arrêtée à l'entrée de Flower Street, la continuation de Chicken Street. Au même moment, il entendit des coups de feu à l'autre bout de la rue. Alors qu'il montait dans la Land Cruiser, il adressa au ciel une prière muette pour que le mollah Beradar échappe à ses poursuivants.

– On va à l'ambassade, lança-t-il à Jim Doolittle.

Il fallait tenir Langley au courant de ce rebondissement désagréable.

***

Le mollah Beradar, après une course échevelée sur les toits des boutiques de Chicken Street, sortit d'une boutique de souvenirs à laquelle il venait d'accéder par le toit ; il ne connaissait pas les gens qui s'y trouvaient, mais leur jeta :

– Qu'Allah vous protège ! Je suis poursuivi par les chiens de Karzai. Ne dites pas que vous m'avez vu !

Il ne risquait pas grand-chose : tout le monde détestait Karzai.

Lorsqu'il émergea dans la rue, les policiers semblaient être partout. Sans se presser, il s'éloigna à pied, suivant le trottoir défoncé, jusqu'au centre commercial d'en face où il pourrait se mêler à la foule.

Son cœur battait la chamade, et il se maudit d'avoir pris le risque de venir à Kaboul. Hélas, c'était un peu tard… Tout à coup, il y eut un cri derrière lui. Instinctivement, il se retourna et vit deux hommes en civil qui couraient dans sa direction. Il hésita, tenté de rester sur place puis comprit que ce serait une mauvaise décision.

Le gros des policiers était beaucoup plus loin. Le mollah Beradar plongea la main dans son *camiz charouar* et sortit son Makarov. Ouvrant le feu immédiatement sur ses deux poursuivants. Il vida presque entièrement son chargeur, et les deux hommes s'effondrèrent. Aussitôt, il rangea son arme et reprit sa course vers le supermarché.

Seulement, les coups de feu avaient attiré l'attention. Il entendit des cris et des appels derrière lui et plongea vers la porte du supermarché.

Une fraction de secondes trop tard.

Il ressentit un choc à la cuisse gauche et, brusquement, sa jambe se déroba sous lui. Il n'avait même pas mal, mais il trébucha et tomba en travers de la porte. Des gens se précipitèrent aussitôt pour l'aider à se relever, mais la douleur survint, fulgurante, et il resta debout soutenu par deux passants.

Des soldats et des policiers surgissaient. Il y eut des glapissements, des interjections et, à coups de crosse de kalach, les soldats écartèrent les deux hommes qui le tenaient.

Le mollah Beradar s'effondra sur le sol. Allongé sur le dos, une douleur horrible dans la jambe gauche. Il vit le visage convulsé de haine d'un soldat et le trou noir du canon d'une kalach. Couvert de sueur, il ferma les yeux et adressa une prière à Allah pour que l'autre le tue vite.

C'était ce qui pouvait arriver de mieux.

C'est dans un brouillard comateux qu'il entendit une voix hurler : « *Ne le tuez pas ! Ne le tuez pas !* »

Il était encore conscient quand il vit un homme se pencher sur lui et le secouer. Il ouvrit les yeux et distingua une vague silhouette. L'inconnu lui jeta :

– Tu es bien le mollah Abdul Ghani Beradar ? Tu es en état d'arrestation, salaud de Taleb !

Pour appuyer ses paroles, le policier décocha un coup de pied sur la cuisse du mollah Beradar, à l'endroit exact de sa blessure. La douleur lui fit perdre connaissance et il ne vit même pas l'ambulance militaire qui s'arrêtait devant le supermarché. L'enfer commençait.

CHAPITRE XXIII

– C'est fâcheux. Très fâcheux.

Clayton Luger ne dissimulait pas sa contrariété. À peine à l'hôtel Ariana, Malko s'était rué sur le téléphone sécurisé, pour avertir Langley de la mauvaise nouvelle.

– J'espère qu'il a pu échapper aux policiers, dit Malko, en tout cas, à part le patron de la boutique de Chicken Street, personne ne m'a vu avec lui.

– Espérons qu'il va s'en sortir !, conclut le n° 2 de la CIA. Vous lui aviez communiqué le nom d'Abdullah Abdullah ?

– Oui, juste avant qu'il ne soit obligé de s'enfuir.

L'Américain émit un gros soupir.

– Espérons qu'ils n'attraperont pas Beradar. Sinon, vous avez mis une cible sur Abdullah Abdullah. Déjà que Karzai le hait, s'il découvre qu'Abdullah veut s'allier aux Talibans, il fera tout pour l'éliminer. Enfin, il n'y a plus qu'à prier.

« *Keep me posted* ! [1]

1. Tenez-moi au courant !

Quand Malko raccrocha, il se dit que les tentatives d'élimination de Karzai ne lui portaient pas chance. Du coup, il appréhendait de retourner au Serena. Mais se retrancher à l'hôtel Ariana eut été un aveu.

***

Lorsque le mollah Beradar fut déposé sur une civière à côté du bureau de Parviz Bamyan, ce dernier se leva et posa un long regard sur le chef taleb. Ne dissimulant pas sa joie.

Le prisonnier avait reçu une piqûre de morphine, sa plaie avait été sommairement pansée et il était menotté à sa civière. Lucide quoiqu'encore groggy. Parviz Bamyan se pencha sur lui et demanda :

– Tu es bien le mollah Abdul Ghani Beradar ?

Ce dernier lui jeta un regard glacial.

– Tu sais très bien qui je suis, chien de communiste ! Qu'Allah te maudisse !

C'est vrai que Parviz Bamayan était un ancien du Khalq, formé par Najibullah. Il ne se démonta pas.

– Garde des forces !, dit-il, parce que pendant les jours qui viennent, nous allons devoir beaucoup parler… Je suis sûr que tu as des tas de choses à dire. D'abord la raison pour laquelle tu es venu à Kaboul, toi qui n'as pas mis les pieds dans notre beau pays depuis si longtemps.

Le mollah Beradar ne répondit pas et ferma les yeux. Il savait ce qui l'attendait. Certes, il n'avait pas peur de devenir un *shahid*[1], mais c'est ce qui allait se passer avant qu'il rejoigne le paradis d'Allah qui l'effrayait.

Il savait que *personne* n'avait jamais résisté aux tortures pratiquées par le NDS. Or, il avait tant de choses à révéler que ses tortionnaires allaient lui réserver un traitement particulier. Il entendit des hommes entrer dans le bureau et Parviz Bamyan ordonner :

– Emmenez-le au premier sous-sol ! Ce soir, ne le battez pas ! Qu'il prenne des forces. Il en aura besoin.

***

Haji Shukrullah, le propriétaire du magasin où Malko avait pu rencontrer le mollah Beradar, vit surgir plusieurs policiers en civil. Sans un mot, ils se jetèrent sur lui et commencèrent à le rouer de coups en l'arrachant de sa caisse.

Lorsqu'on le jeta dans un fourgon vert de la police, il avait déjà la clavicule cassée et le visage déformé par les coups. C'était juste une mise en condition.

En bon musulman qui avait fait le pèlerinage de la Mecque, il se mit à prier Allah de lui donner la force de ne pas être trop lâche. Il n'avait pas envie de devenir un *shahid*, mais ne voulait pas non plus trahir ses amis.

La voix était étroite…

Comme le chemin était assez long, un des policiers, s'accrochant à l'affût de la mitrailleuse installée sur le

1. Martyr.

plateau arrière du pick-up, se mit à le bourrer de coups de bottes. Une partie de sa famille avait été tuée par les Talibans parce qu'il avait rejoint la police et puisqu'il en tenait un…

***

Malko s'était installé au bar sans alcool pour reprendre son calme. Son retour au Serena s'était passé sans accroc et il commençait à reprendre espoir. Comme il n'y avait pas de *vrais* médias à Kaboul, il lui était impossible de savoir si le mollah Beradar était tiré d'affaires.

La sonnerie de son portable l'arracha à ses pensées.

– Vous êtes au Serena ? demanda Warren Muffet, d'emblée.

– Oui, au bar, fit Malko.

– OK, je serai là dans une demi-heure.

Pour que le chef de Station de la CIA s'aventure jusque-là, il fallait une raison grave. Il pria pour que ce ne soit pas une *mauvaise* raison.

Il avait bu deux autres cafés quand l'Américain surgit, escorté de deux « *baby-sitters* » qui se mirent à la table voisine. Il avait les traits tirés et le regard grave.

– Le mollah Beradar est aux mains du NDS, annonça-t-il d'emblée. Il a été blessé lors de son arrestation.

– Vous en êtes certain ?

– Ma « source », Lutfullah Mashal, me l'a confirmé. C'est très ennuyeux parce qu'ils vont le faire parler. De vous.

Malko préféra ne pas faire semblant de croire que le mollah Beradar résisterait à la torture. Se faire sauter avec une charge explosive est une chose, se faire arracher les ongles, une autre. Une solution évidente lui vint à l'esprit.

– Puisque de nouveau, cette opération tourne court, suggéra-t-il, pourquoi ne pas m'exfiltrer ? Je ne sers plus à rien à Kaboul.

L'américain le fixa longuement.

– Si. J'ai reçu un message de Clayton Luger. Nous devons considérer que le mollah Beradar balancera le nom d'Abdullah Abdullah. Donc, qu'il va se trouver sous les feux de Karzai. Or, il n'est pas prévenu…

– Et c'est à moi de le prévenir ?

– Vous savez bien qu'officiellement l'Agence ne peut pas se mêler de l'élection présidentielle. Vous êtes un électron libre. Une fois cette tâche accomplie, vous pourrez quitter l'Afghanistan…

– Mais je ne connais pas Abdullah Abdullah, objecta Malko.

– Nous avons un moyen de l'atteindre. Un de ses amis proches. N'oubliez pas que nous avons beaucoup aidé Massoud !

– Il risque de ne pas bien me recevoir, remarqua Malko.

– Il sera content que vous le mettiez en garde. Karzai va sûrement tenter de l'éliminer.

« Je vais m'en occuper demain matin. Dès que le contact est établi, je vous envoie une voiture.

« Ensuite, pour vous ce sera terminé…

« Voilà, je dois vous laisser maintenant.

Les deux hommes se quittèrent presque froidement. Malko, de nouveau, était submergé par l'angoisse : si le mollah Beradar parlait, le NDS risquait de lui tomber dessus. Et, une fois entre leurs mains…

Il n'avait même plus faim et monta directement dans sa chambre.

Ce nouvel échec l'affectait beaucoup. Il n'aperçut pas Shaheen, mais n'avait vraiment pas la tête au flirt. Il s'imagina le mollah Beradar dans sa cellule du NDS.

Combien de temps allait-il tenir sa langue ?

***

Le mollah Abdul Ghani Beradar, nu à l'exception d'un caleçon et d'un large pansement couvrant la blessure de sa cuisse, était attaché sur une table métallique, les bras ramenés en arrière, les chevilles fixées par des menottes aux montants. On lui avait enfoncé un linge dans la bouche et un agent du NDS lui versait régulièrement de l'eau à partir d'une cruche en terre.

Une sorte de cascade qui amenait le mollah au bord de la suffocation.

Il était comme un poisson hors de l'eau, cherchant sa respiration. Bougeant follement la tête pour échapper à son supplice qui avait commencé à six heures du matin.

Pour l'instant, on ne lui posait aucune question. On l'asphyxiait tout simplement, avec une régularité de métronome. Une façon efficace de l'affaiblir.

Le contenu de la cruche venait de finir de se déverser dans sa bouche. Le mollah Beradar s'attendait à ce que son tortionnaire la remplisse à nouveau à un grand broc, mais il la posa par terre et retira de la bouche de sa victime le linge imprégné d'eau.

Aussitôt, le mollah aspira avidement l'air dans ses poumons, profitant de ce répit inespéré.

Qui ne dura pas longtemps.

L'homme qui l'interrogeait s'assit sur un tabouret, alluma une cigarette, souffla la fumée et se pencha sur lui.

– Mon frère, dit-il d'une voix douce, maintenant, j'ai quelques questions à te poser. Qui es-tu venu voir à Kaboul ?

Le mollah se rendit compte qu'il avait encore un peu de volonté.

Il ne répondit pas.

D'abord, l'autre ne sembla pas s'émouvoir de son silence. Puis, il tira sur sa cigarette, ravivant la braise à son extrémité, et la posa sur le mamelon gauche du mollah. Sans trop appuyer pour ne pas l'éteindre.

Les yeux écarquillés par la douleur, le mollah Beradar poussa un hurlement strident pendant qu'une âcre odeur de chair brûlée montait dans la pièce. C'était atroce. Son tortionnaire avait retiré la cigarette pour ne pas l'éteindre, mais la douleur lancinante continuait.

Elle commençait tout juste à s'estomper vaguement quand son bourreau abaissa la cigarette sur son autre mamelon, après avoir aspiré la fumée pour raviver la braise, et l'écrasa posément sur la peau nue.

Lorsque le hurlement du mollah Beradar se fut tu, l'homme se pencha et dit d'une voix égale :

– Tu devrais répondre à ma question, mon frère, parce que, sinon, la journée va être très longue.

***

Parviz Bamyan retournait pensivement entre ses doigts la carte de visite de Maureen Kieffer trouvée dans une des poches du gilet du mollah Beradar.

Perplexe.

Ses hommes n'avaient pas signalé la présence du mollah chez la jeune Sud-Africaine, pourtant cette carte ne s'était pas retrouvée par miracle dans sa poche. Évidemment, il y avait un lien qui lui sauta aux yeux immédiatement : Malko. Même s'il n'en avait pas la preuve absolue, il était persuadé que c'était lui que l'envoyé du mollah Omar était venu voir à Kaboul…

Bien sûr, il n'avait plus besoin de Maureen Kieffer pour attraper le mollah Beradar, mais, s'assurer d'elle pouvait être un bon moyen de pression, vis-à-vis des Américains.

On frappa à la porte et il cria d'entrer. C'était un des interrogateurs de la cellule « Beradar ». Celui chargé de l'interrogatoire du boutiquier de Chicken Street. Soupçonné d'avoir organisé le rendez-vous entre Malko et le mollah Beradar.

– Il a parlé, annonça sobrement son agent. Je lui ai montré la photo du *haridji* et il l'a reconnu. C'est un de ses cousins qui lui avait demandé d'organiser le rendez-vous, mais il prétend ignorer de qui il s'agissait.

– Très bien, approuva Parviz Bamyan. Il faut qu'il avoue qu'il s'agissait du mollah Beradar.

– Ce sera fait, commandant, assura l'interrogateur, avant de repartir au premier sous-sol.

Un boutiquier n'avait pas la résistance morale d'un Taleb.

Satisfait, Parviz Bamyan passa dans le bureau de son adjoint, et lui tendit la carte de Maureen Kieffer.

– Allez chez cette femme et ramenez-la ici ! Ne lui dites pas *pourquoi* ! Secouez-la d'abord, ensuite il faut qu'elle parle toute seule !

***

– Vous avez rendez-vous chez mon ami Homayoun Assefi, annonça Warren Muffet. Il ne sait pas pourquoi vous venez le voir, vous lui expliquerez. Il a le contact avec Abdullah Abdullah. La voiture vient vous chercher dans une demi-heure.

« Il faut le prévenir d'urgence qu'il risque désormais d'être en danger.

Malko n'eut que le temps de descendre. Au passage, il aperçut dans le lobby Shaheen, qui fit semblant de ne pas le voir. Il sortit et franchit la petite porte percée dans le mur métallique séparant l'hôtel de la chaussée, pour éviter à Jim Doolittle le trajet fastidieux des check-points. Il l'intercepta juste à temps et le jeune Américain annonça :

– Nous allons près de Hazarabad. On m'a expliqué l'adresse.

***

L'interrogateur n'avait pas mis longtemps à « convaincre » Hadji Shukrullah qu'il savait parfaitement qu'il avait donné asile au mollah Beradar. Il avait suffi de commencer à lui entailler le sexe délicatement, avec un rasoir, et il avait tout signé sans barguigner.

Il n'avait décidément pas une âme de *shahid*.

Sa confession en main, l'interrogateur était remonté chez Parviz Bamyan qui lui avait remis un billet de 500 afghanis pour sa célérité et lui avait jeté :

– Envoie-le à Bagram ! Au secret.

Les Afghans avaient récupéré le contrôle de la prison de Bagram où ils faisaient désormais ce qui leur plaisait.

***

La Land Cruiser de la CIA s'arrêta devant une barrière de tubes métalliques interdisant l'accès à un grand portail noir sur lequel étaient inscrites trois lettres : H.S.A.

Ils se trouvaient assez loin du centre, à côté du quartier peuplé par les Hazaras. Plusieurs hommes, kalach en bandoulière, entourèrent la voiture. On entendit des aboiements de chiens.

– Homayoun Shah Assefi ? demanda Malko. Il m'attend.

Aussitôt, la barrière se leva et la Land Cruiser pénétra dans un jardin entourant une vaste demeure avec une terrasse. Plusieurs voitures, d'autres hommes armés. Un chien se mit à aboyer furieusement.

On était chez des gens sérieux.

Malko aperçut sur sa droite trois hommes installés au soleil devant une table. Il descendit du véhicule et un des hommes armés l'amena jusqu'au petit groupe. Tout de suite, il remarqua sur la table posée à côté des plats, une arme étrange : elle ressemblait à un Glock avec un chargeur dépassant largement sa crosse et une crosse pliante.

– Bonjour, je suis Homayoun Assefi, dit un homme affable de haute taille, plutôt épais, avec un regard franc et amical. Je vois que vous admirez mon bricolage : c'est un Glock 17 avec un chargeur de 30 coups auquel j'ai ajouté une crosse israélienne. Une arme très maniable…

« Asseyez-vous et prenez un café !

Malko remarqua alors les rouleaux de barbelés qui surmontaient les murs et l'arme glissée dans la ceinture d'un jardinier en train de tailler des rosiers. Croyant qu'il admirait ceux-ci, Homayoun Assefi remarqua :

– J'aime beaucoup les rosiers. J'en ai planté des centaines. J'aurais dû être jardinier.

Malko s'assit et très vite les deux autres hommes s'esquivèrent. C'est Homayoun Assefi qui rompit le silence.

– Mon ami Warren Muffet va bien ? Il y a longtemps que je ne l'ai pas vu... Je crois que vous avez un service à me demander.

– Je voudrais rencontrer Abdullah Abdullah, expliqua Malko, j'ai un message à lui faire passer. De la part de l'ambassadeur américain.

– C'est facile, assura Homayoun Assefi. C'est un ami proche. Je l'appelle.

Malko l'observa tandis qu'il composait un numéro sur son portable. Il y eut une brève conversation puis il annonça :

– Il est à Jalalabad aujourd'hui. Vous pourrez le voir demain.

« Venez ici à la même heure, je vous emmènerai chez lui ! Voulez-vous manger quelque chose ?

Malko déclina poliment. Au moins une chose qui fonctionnait. Homayoun Assefi le raccompagna jusqu'à sa voiture, exquis de politesse. Sans le Glock 17, on aurait pu se trouver n'importe où dans un endroit civilisé.

Il y avait quand même huit gardes du corps et deux chiens qui semblaient particulièrement féroces. Sans compter le jardinier qui devait manier le colt aussi facilement que le sécateur...

– On va l'hôtel Ariana, dit-il à Jim Doolittle.

Pour une fois qu'il avait une bonne nouvelle à annoncer à Warren Muffet.

***

Le chef de Station de la CIA à Kaboul avait sa tête des mauvais jours. À peine Malko dans son bureau, il lui lança :

– Lutfullah Mashal vient de m'annoncer un sale truc.

– Le mollah Beradar a parlé ?

– Ça, je ne sais pas. Mais votre ami Maureen Kieffer a été arrêtée ce matin par le NDS où on est en train de l'interroger. Vous savez pourquoi ?

M

V

CHAPITRE XIV

D'abord, Malko ne sut que répondre. Si le NDS avait voulu arrêter Maureen Kieffer à cause de sa relation avec lui, c'eut été fait depuis longtemps. Et puis, il revit la jeune femme lui tendre sa carte, au Serena. Cette carte qu'il avait ensuite remise au *maulana* Kotak qui avait dû la donner au mollah Beradar…

Il en était glacé d'horreur : la Sud-Africaine ne *pouvait* pas savoir pourquoi elle avait été arrêtée puisqu'elle ignorait *qui* Malko devait rencontrer chez elle.

– Je crois le savoir, laissa tomber ce dernier.

Warren Muffet écouta ses explications en silence puis hocha la tête.

– C'est affreux, je ne sais pas comment on va la tirer de là. Ils vont forcement lui demander si elle connaît le mollah Beradar et elle va dire « non ». En toute bonne foi.

Malko se maudissait. C'était à cause de lui si Maureen Kieffer se retrouvait dans une situation épouvantable.

– Qu'est-ce qu'on peut faire ? demanda-t-il.

– Pour le moment rien, laissa tomber l'Américain. Je vais essayer de me tenir au courant, à travers Lutfullah Mashal. Il faut prier pour qu'ils ne la traitent pas trop mal.

Vœu pieux.

***

La seconde gifle arriva alors que Maureen Kieffer sentait encore la brûlure de la première. Les deux, assénées par un Afghan trapu aux larges épaules. Parce qu'à la question : « *Tu sais pourquoi tu es là ?* », elle avait répondu « *non* ».

Depuis que trois hommes du NDS avaient débarqué dans son atelier et l'avaient jetée dans leur Corolla banalisée, c'était un cauchemar. Ils ne lui avaient même pas laissé le temps de prendre son sac ou même ses clefs. On l'avait directement emmenée dans une petite pièce au premier sous-sol, aux murs suintants d'humidité. Depuis, deux hommes lui martelaient la même question à laquelle elle n'avait pas de réponse.

Assise sur une chaise, les joues en feu, des larmes plein les yeux, elle fit face à ses deux interrogateurs, et répéta fermement en anglais :

– J'ignore pourquoi je suis là. Je veux qu'on prévienne mon ambassade. Je n'ai rien fait de mal.

Cette dernière phrase mit en fureur le trapu qui parlait anglais. Il fouilla dans sa poche et mit sous le nez de la Sud-Africaine une de ses propres cartes de visite.

– Et ça, ça ne te dit rien ?

Elle regarda la carte, des larmes plein les yeux, et bredouilla.

– Si, c'est une de mes cartes de visite.

– Tu sais où on l'a trouvée ? glapit son interrogateur.

Elle secoua la tête sans répondre et il enchaîna :

– Sur une ordure de Taliban. Le mollah Abdul Ghani Beradar. Il a dit qu'il te connaissait.

Le nom ne disait absolument rien à la jeune femme. Et soudain, elle se revit donnant sa carte à Malko pour son rendez-vous arrangé chez elle… Tout devenait clair, mais elle ne pouvait pas expliquer cela.

– Je ne connais pas cet homme, affirma-t-elle. Je ne sais pas comment il a eu ma carte.

Le trapu se frotta les mains.

– Tu es une dure. Une dure et une menteuse. Eh bien, on va venir à bout de toi. Viens !

Ils l'entraînèrent hors de la pièce pour la pousser dans une sorte de cellule occupée uniquement par une table en X assez fermé, en métal, avec des sangles permettant d'attacher quelqu'un dessus.

– Déshabille-toi ! lança le trapu.

Comme elle ne bougeait pas, il prit son cachemire et le déchira d'un coup sec, avec une force incroyable. En voyant le bonnet bien rempli, il eut un regard lourd. D'une seule main, il prit le soutien-gorge et l'arracha, dévoilant la poitrine pleine de la jeune femme.

Celle-ci essaya de se couvrir, mais il était déjà en train de s'attaquer à son pantalon, arrachant la ceinture ; en très peu de temps, il ne lui resta que sa culotte blanche. Le sol était froid sous ses pieds. Elle frissonna. Terrifiée, le cerveau en vrac. Les deux hommes l'empoignèrent et la forcèrent à s'allonger sur le X d'acier, l'y attachant avec les sangles. Le froid du métal dans son dos acheva de la liquéfier.

Le trapu s'était placé à côté d'elle.

Il se pencha, promena une main baladeuse sur ses seins puis sur son ventre. Lorsqu'il arriva à la culotte, il tira sur l'élastique jusqu'à ce qu'il cède, dévoilant sa fourrure rousse.

– Écoute !, dit-il, si tu réponds à mes questions, dans une heure, tu seras dans une cellule bien confortable et on te foutra la paix. Où as-tu rencontré le mollah Beradar ?

La jeune femme était si effrayée qu'elle mit plusieurs secondes à répondre :

– Je ne le connais pas, je ne connais même pas son nom. Je ne sais pas qui c'est.

Le trapu secoua la tête, et dit d'une voix faussement légère.

– *Baleh, baleh* ! Tu ne veux pas répondre. Alors, on va se détendre un peu.

Il fit le tour de la table et prit les deux extrémités du X, les écartant au maximum. De cette façon, il pouvait se tenir debout, entre les cuisses nues de la prisonnière.

Tranquillement, il envoya la main vers son ventre et enfonça plusieurs doigts dans le sexe offert.

Maureen Kieffer hurla, impuissante.

– Dis donc, tu es profonde ! lança l'Afghan. Tu es une putain comme toutes les *haridjis*.

Il était déjà en train de descendre son zip. Ensuite, il se contorsionna un peu et sortit de son jean un gros sexe encore à moitié mou, noirâtre, et commença à se masturber. Ce qui ne lui prit pas longtemps. Lorsque son membre se fut développé au maximum, il s'approcha encore, colla le bout de son sexe à celui de la Sud-Africaine et poussa de toutes ses forces.

Elle était tellement sèche qu'il eut du mal à s'y enfoncer complètement mais il y parvint, empoignant les seins à pleine main, les malaxant, les tordant.

Maureen Kieffer criait sans discontinuer.

Désormais, l'Afghan se déchaînait à grands coups de reins. Jusqu'à ce qu'il pousse un couinement étouffé et qu'il se retire, faisant tomber quelques gouttes de sperme sur le sol.

Il attendit quelques instants, puis revint à la charge :

– Alors, tu me parles du mollah Beradar ?

Maureen Kieffer, choquée, ne répondit même pas. Alors, le trapu se rajusta et vint se pencher sur elle.

– Tu as raison de ne pas répondre. Il y a plein de copains qui vont être contents de s'amuser avec toi… On a tout le temps.

***

Malko n'arrivait pas à dormir, se tournant et se retournant. Il n'avait même pas dîné. Maintenant, le rendez-vous avec Abdullah Abdullah lui semblait sans importance. Il n'arrivait pas à chasser Maureen Kieffer de ses pensées. Rageant de son impuissance, imaginant le pire.

Sans trouver de solution.

Il avait aperçu Shaheen mais l'avait à peine regardée. Elle devait se demander pourquoi il avait tellement changé d'attitude avec elle. Il regarda sa montre : 3 h 45 du matin. Le temps passait avec une lenteur exaspérante.

Sans calmer son impuissance. Il savait bien que les Américains ne pouvaient rien faire. Personne ne pouvait rien faire.

***

Parviz Bamyan arriva au NDS à huit heures du matin, comme tous les jours. Il regarda les dossiers préparés sur son bureau mais ne vit rien d'intéressant. Il se sentait en pleine forme. Déjà, il avait reçu les félicitations du Palais pour la capture du mollah Beradar.

Lorsqu'il aurait ses aveux complets, ce serait encore mieux. Il serait peut-être nommé enfin directeur officiel du service. Il était encore plongé dans ces riantes pensées lorsqu'un de ses adjoints pénétra dans son bureau.

– *Salama leykoum*, commandant ! lança-t-il, j'ai de bonnes nouvelles.

C'était le chef des interrogateurs du mollah Beradar. Ravi, Parviz Bamyan lui dit :

– Assieds-toi et prend un thé ! Alors ?

– On a beaucoup travaillé, dit l'homme presque plaintivement.

« Une partie de la nuit. Ce chien est résistant, mais il a fini par tout lâcher. On sait pourquoi il est venu à Kaboul : rencontrer cet agent de la CIA, Malko Linge. Et aussi le sujet de leur discussion.

– *Baleh* ?

– Les Américains et les Talibans veulent soutenir un candidat commun à la présidentielle !

– Qui ? rugit Parviz Bamyan.

– Un homme que nous connaissons bien. Abdullah Abdullah !

– Ce chien de Tadjik ! explosa Parviz Bamyan. Tu es certain ?

– Je vais écrire mon rapport, commandant. Il sera prêt dans une heure.

Parviz Bamyan ne contenait plus son excitation.

– Comment est-il, ton client ?

L'autre fit la moue.

– Mal. Très mal. Il a passé des moments très difficiles. Vous voulez le voir, commandant ?

– Oui.

Ils descendirent ensemble, traversèrent la cour pour gagner le petit bâtiment des interrogatoires. Dès qu'on empruntait l'escalier descendant au premier sous-sol, l'odeur prenait à la gorge. Un mélange d'urine, de saleté, de sueur et la senteur fade du sang.

Une forte ampoule nue éclairait la pièce où se trouvait le mollah Abdul Ghani Beradar.

Inanimé, les yeux clos, mais sa poitrine se soulevait faiblement. Parviz Bamyan se pencha et aperçut des entailles précises dans différents endroits du corps, choisis en raison de leur sensibilité. Posée sur une chaise, la scie à métaux qui avait servi à les faire avait encore sa lame souillée de sang.

Le chef du NDS se redressa et dit d'une voix égale :

– Assure-toi que tu n'as rien oublié, ensuite liquide-le et va brûler le corps ! Qu'on ne le retrouve jamais !

Il n'était pas question qu'un cadavre dans cet état fasse surface. Cela déclencherait des vengeances terrifiantes de la part des Talibans. En remontant l'escalier, Parviz Bamyan, gonflé d'orgueil se dit qu'il était en possession d'une information d'importance stratégique. Désormais, l'ennemi d'Hamid Karzai avait un nom. Abdullah Abdullah.

***

Lorsque Malko, qui avait à peine dormi, descendit de sa Land Cruiser dans la cour de la propriété d'Homayoun Assefi, ce dernier, tiré à quatre épingles, était là pour l'accueillir.

– Nous prenons ma voiture, proposa-t-il. Nous allons dans le quartier de Parwan, ce sera plus discret.

Sa voiture était une Land Cruiser exactement semblable à celle qui avait amené Malko. En refermant la portière, il se rendit compte qu'elle était également blindée… Deux des gardes du corps se tassèrent à l'arrière, le chauffeur se glissa au volant et ils franchirent le portail.

Une demi-heure de trajet. Homayoun Assefi semblait très en verve.

– Abdullah Abdullah habite dans la maison où il est né. Il ne faut pas oublier que sa mère est pachtoune. Vous verrez, c'est un homme charmant.

Pourtant, Malko n'avait pas de bonnes nouvelles à lui annoncer…

Ils arrivèrent à l'entrée d'une rue bloquée par deux énormes blocs de béton surmontés de sacs de sable, gardés par plusieurs hommes armés. Ils ne laissaient qu'une étroite chicane pour franchir le passage. Trente mètres plus loin, d'autres hommes gardaient une petite maison assez coquette.

À l'intérieur, il y avait encore des hommes armés. Un homme surgit, vêtu d'une veste noire style Mao, avec une pochette, souriant. De grands yeux brillants d'intelligence.

– Bienvenue ! dit-il à Malko en excellent anglais. Je suis heureux de vous accueillir dans cette modeste demeure.

Ils prirent place dans des canapés. L'intérieur était élégant, avec un grand écran plat ; on était loin des barbus hirsutes. Dès qu'ils eurent pris une tasse de thé,

Homayoun Assefi se leva, prétextant des coups de fil à donner, et sortit de la pièce.

Discret.

– Que me vaut l'honneur de cette visite ? demanda le leader afghan.

Malko esquissa un sourire amer.

– J'aurais aimé vous rencontrer dans d'autres circonstances, mais je devais vous voir pour vous avertir d'un danger potentiel qui vous guette.

– Un danger ?, s'étonna Abdullah Abdullah. Depuis que j'ai fait la guerre aux côtés du commandant Massoud, j'ai souvent été en danger.

« De quoi voulez-vous parler ?

– Connaissez-vous le mollah Abdul Ghani Beradar ?

– De nom. C'est un membre important de la *Choura* de Quetta. Je ne l'ai jamais rencontré et je crois qu'il ne vit plus en Afghanistan. Pourquoi ?

– Je vais vous l'expliquer dit Malko. Vous savez que le gouvernement américain verrait d'un bon œil que vous vous présentiez aux prochaines élections présidentielles.

– En effet, l'ambassadeur me l'a confirmé au cours d'un déjeuner.

« J'en ai été très flatté.

– Les Américains ont eu une idée, continua Malko : vous faire accepter par le mouvement taliban afin qu'ils poussent les Pachtouns à voter pour vous.

Abdullah Abdullah sourit.

– Ce ne serait pas une mauvaise idée, si les Talibans m'acceptent.

« Je les ai combattus longtemps… Cependant, parmi eux, il y a des gens de valeur et ce sont des nationalistes...

– Que pensez-vous que serait la réaction de Hamid Karzai s'il apprenait que les Américains, les Talibans et vous envisagez une alliance ?

– Il essaierait de me faire assassiner, dit Abdullah Abdullah d'une voix égale.

– Eh bien, conclut Malko, je crains qu'aujourd'hui, il ne le sache…

Dans la foulée il lui raconta la visite du mollah Beradar, leur rencontre et son arrestation.

– Je ne suis pas naïf, conclut-il. Personne ne résiste aux tortures du NDS. Il faut donc partir du principe que le mollah Beradar a parlé et que désormais, Karzai sait.

Il y eut un long silence, puis Abdullah Abdullah dit de la même voix calme :

– Je partage votre analyse. Ce sont des animaux. Je suis heureux que vous m'ayez prévenu, je vais redoubler de prudence. De toute façon, Karzai l'aurait su un jour ou l'autre, mais cela lui donne plus de temps pour essayer de me liquider.

– Je suis désolé. Encore aujourd'hui, dit Malko, j'ignore comment le NDS a appris la présence du mollah Beradar à Kaboul. Je ne le saurai peut-être jamais. J'ai dû être imprudent.

L'Afghan eut un geste évasif.

– Peu importe. Le mal est fait.

« Je pense que l'élimination du mollah Beradar n'entravera pas ce projet si les Talibans sont d'accord, continua Abdullah Abdullah. Ce serait une bonne chose pour l'Afghanistan, qui a bien besoin de paix. Cela fait plus de trente ans que nous sommes en guerre…

Il se leva, signifiant la fin de l'entretien, et serra longuement la main de Malko. Celui-ci retrouva Homayoun Assefi dans l'entrée et ils repassèrent les chicanes de blocs de béton.

– Vous êtes satisfait ? demanda l'Afghan.

– Très. Il m'a fait une excellente impression, dit Malko.

Déjà replongé dans ses pensées. Normalement, la CIA devait être prête à l'exfiltrer désormais. Seulement pouvait-il quitter l'Afghanistan en laissant derrière lui Maureen Kieffer aux mains du NDS ?

Il aurait eu l'impression de déserter.

Tout en sachant qu'en restant à Kaboul, il mettait sa vie en danger. Il y avait beaucoup de chances pour que le président Karzai soit désormais au courant de son rôle dans le rapprochement entre les Talibans et Abdullah Abdullah. Ce dernier était bien défendu. Le mollah Beradar était aux mains du NDS.

Il restait Malko, qui devenait la cible n° 1 d'un régime qui n'avait pas l'habitude de tendre l'autre joue. Malgré tout, il ne pouvait pas encore partir.

CHAPITRE XXV

Parviz Bamyan monta allégrement les quelques marches menant au bureau de Hadj Ali Kalmar, le directeur de cabinet du président Karzai, un épais dossier à la main. Pour une fois, il ne se rendait pas au palais présidentiel, la peur au ventre. Certes, il avait été convoqué, mais c'était à sa demande. Pour rendre compte des résultats de l'affaire du mollah Beradar.

Or, il n'avait pratiquement que de bonnes nouvelles. On avait extrait du mollah taleb jusqu'à la dernière parcelle de vérité par des méthodes qui lui avaient certainement fait prier Allah de le rappeler à lui. Avant de l'étouffer et de fourrer son corps dans un sac en plastique. Depuis, il avait été brûlé et ce qu'il en restait dispersé dans la montagne. Il était arrivé à Kaboul, mais personne ne saurait jamais comment il en était reparti. Il n'y avait aucune trace de lui dans les registres du NDS.

Ses aveux avaient permis de comprendre exactement le rôle des Américains et particulièrement celui de l'agent Malko Linge, la cheville ouvrière de l'opération.

Cerise sur le gâteau, il avait révélé le nom de celui que les Américains – et peut-être les Talibans – avaient choisi pour se présenter aux prochaines élections. Cela laissait un peu de temps pour l'éliminer.

Il n'y avait qu'une ombre au tableau : celle dont le mollah Beradar avait la carte de visite, Maureen Kieffer, en dépit de traitements très durs, n'avait toujours pas avoué connaître le mollah taleb. C'était, cependant, un point secondaire. Avec le temps, on arriverait très probablement à obtenir des aveux.

Hadj Ali Kalmar l'attendait dans son bureau. Sachant déjà en gros ce qu'il apportait. Les deux hommes échangèrent une longue poignée de main et Parviz Bamyan tendit son dossier, puis s'assit, laissant le bras droit du président Karzai le feuilleter attentivement. Lorsqu'il releva les yeux, la joie transfigurait son visage chafouin.

– C'est un travail magnifique ! lança-t-il d'un ton admiratif. Je suis certain que le président va beaucoup apprécier. Puisque Assadoula Khalia est encore en très mauvaise santé, à la suite de l'attentat dont il a été victime, je vais suggérer au président que vous soyez nommé à sa place à la tête du NDS.

Parviz Bamyan baissa modestement la tête.

– C'est un très grand honneur murmura-t-il d'un ton modeste.

– Je vais voir le président, enchaîna Hadj Ali Kalmar, dès maintenant.

Le nouveau chef du NDS se retira à reculons, ponctuant sa marche de petites courbettes. Le cœur en fête.

Dès qu'il fut seul, Hadj Ali Kalmar appela la ligne directe du président Karzai, et lui demanda l'autorisation de venir lui apporter un dossier très important.

Trois minutes plus tard, il traversait la grande esplanade séparant les deux corps de bâtiment. Le président était dans son bureau. En veste noire et pantalon vert, son crâne entièrement chauve reflétant la lueur d'un halogène.

Lorsqu'il eut pris connaissance du dossier, il ne manifesta pas ouvertement sa joie, mais se contenta de féliciter son directeur de cabinet. Dans la lutte féroce qu'il menait contre les Talibans et les Américains, il venait de marquer un point. Après un instant de réflexion, il appela son secrétaire.

– Trouve-moi Mohammad Karim Khalili !, demanda-t-il. J'ai besoin de lui parler d'urgence.

Mohammad Karim Khalili n'avait aucun poste officiel à la présidence. Il n'avait qu'un seul lien avec Hamid Karzai : ils venaient du même village et il l'avait toujours suivi. C'est lui que le président utilisait pour résoudre toutes les affaires qu'il ne voulait pas confier aux services officiels.

Or, dans cette affaire Beradar, il manquait une pièce au puzzle pour que tous les comptes soient réglés.

Celui que ses ennemis appelaient son âme damnée, qui allait jadis chercher les valises d'argent en Iran, s'acquitterait parfaitement de cette tâche. Il avait des relations dans tous les milieux et particulièrement les plus pourris.

***

– Qu'est-ce que vous faites ? demanda Warren Muffet à Malko. Pour ma part, je peux vous exfiltrer sur Bagram et Dubaï quand vous voulez. Je sais que Langley va me donner le feu vert.

« Rester à Kaboul serait d'une grande imprudence.

– Je sais, reconnut Malko, mais…

– Vous pensez à Maureen Kieffer, répondit le chef de Station de la CIA. Malheureusement, vous ne pouvez rien faire. Sauf prévenir directement son ambassade de ce qui passe. Je connais quelqu'un là-bas. Ils risquent de se heurter au silence officiel. Nous sommes dans la raison d'État et les Afghans n'ont peur que de nous.

– Vous ne pouvez pas intervenir ? demanda Malko.

L'Américain secoua lentement la tête.

– Non, laissa-t-il tomber. De mon propre chef, c'est impossible. Sans le tuyau de ma « source » au NDS, Lutfullah Mashal, je ne saurais même pas qu'elle est détenue là-bas. Si je pose la question à Langley, je connais la réponse : c'est non. Ms Kieffer n'est pas Américaine et ne travaille pas pour l'Agence.

Un ange passa en se voilant la face de honte.

Puis, Malko se leva :

– Laissez-moi quarante-huit heures ! Je dois réfléchir.

L'Américain lui jeta un regard inquiet.

– Ne tirez pas trop sur votre chance ! Nous avons merdé. De tous les côtés. Dans ce cas, on « démonte », on ne s'entête pas.

– Je sais, reconnut Malko, mais je veux encore pouvoir me regarder dans la glace quand je me rase.

C'était à cause de lui que Maureen Kieffer se retrouvait dans les griffes du NDS. Pour avoir voulu lui rendre service. Que pouvait-elle penser ? Il se disait que s'il partait aujourd'hui, il aurait envie de vomir en montant dans son avion.

Il *devait* y avoir quelque chose à faire.

***

Shaheen jeta un long regard à Malko. De nouveau, après le dîner, ils s'étaient retrouvés au pied de l'ascenseur… Il s'effaça pour la laisser passer et, dans la cabine, lui adressa un sourire contraint.

– Je crois que votre mère avait raison, dit-il, il faut que vous soyez très prudente avec les hommes. Vous êtes une jolie femme et vous aurez beaucoup de tentations.

Elle ne répondit pas, ne saisissant sûrement pas le sens de ses paroles. Ils se retrouvèrent devant la porte de Malko. Visiblement, elle était prête à le suivre à l'intérieur.

Malko lui prit la main droite et la baisa.

– J'espère que vous ferez un mariage heureux, dit-il, avant d'entrer dans sa chambre.

Il la referma doucement, laissant la jeune femme à l'extérieur. Il ne saurait jamais si elle lui aurait cédé, mais le fantôme de Maureen Kieffer était trop présent dans sa tête pour qu'il laisse libre cours à sa libido.

Vingt-quatre heures avaient passé et il ne voyait toujours pas de solution.

Il était à peine dans sa chambre que son portable couina : un SMS. Il le lut. *« Langley vous ordonne de rentrer. W.M. »* Il était coincé. Il ne pourrait pas longtemps tirer sur la ficelle. Lorsqu'il fut étendu, il demeura allongé, les yeux ouverts sans pouvoir trouver le sommeil.

***

Malko arrivait dans le lobby, venant de la *breakfast room*, lorsque quatre hommes en civil surgirent et l'encadrèrent. Des Afghans aux visages indifférents, massifs, moustachus et sûrs d'eux.

– Malko Linge ? demanda l'un d'eux.

– Oui.

– Nous appartenons au ministère de l'Intérieur. Notre commandant voudrait s'entretenir avec vous. Il n'y en aura pas pour longtemps.

– Qu'est-ce j'ai fait ? demanda Malko.

L'Afghan s'excusa d'un sourire.

– Rien, *sir*, vous serez de retour vers midi. C'est un simple entretien.

Ils l'encadraient, visiblement bien décidés à ne pas le laisser filer. Malko mit la main dans sa poche pour prendre son portable. Aussitôt celui qui lui avait parlé s'interposa.

– Inutile de téléphoner, fit-il d'un ton sec. Il n'y en aura pas pour longtemps.

Déjà, ils le poussaient vers la porte tenue ouverte par un des grooms en turban. Une Land Cruiser noire était arrêtée devant l'entrée. On fit monter Malko à l'arrière où il se retrouva serré entre deux des policiers.

Pas un mot ne fut échangé.

Un peu plus loin, il reconnut le long mur du NDS, mais ils ne s'arrêtèrent pas. Au fond, la Land Cruiser tourna autour d'un rond-point et s'engagea dans la rue des « *poppy palaces* ». Intrigué et inquiet, Malko demanda :

– Nous n'allons pas au ministère de l'Intérieur ?

– Non, *sir*, fit placidement l'un des hommes, nous allons au domicile de notre commandant.

Quelques centaines de mètres plus loin, la voiture ralentit et le chauffeur donna un coup de klaxon. Aussitôt, le portail noir d'une énorme maison coulissa automatiquement, et ils pénètrent dans la cour.

On fit descendre Malko et il monta le perron, encadré par les policiers. La porte fut ouverte par un loqueteux armé d'une kalach. Un autre se profilait derrière. Les quatre policiers disparurent silencieusement, redescendant le perron. L'entrée chargée comme un intérieur pakistanais sentait l'encens ou quelque chose de similaire.

Deux autres loqueteux surgirent, des Afghans au torse bardé de chargeurs, hirsutes, pas vraiment souriants. L'un d'eux prit Malko par le bras et voulut l'entraîner. Comme il se débattait, il sentit le canon d'une kalachnikov s'appliquer contre ses reins et il dut avancer. Ensuite, on le fouilla, lui confisquant son portable. Un des Afghans fit coulisser une lourde porte de bois, et aussitôt, il entendit un concert d'aboiements assourdissants !

On continuait à le pousser pour le faire entrer dans une petite pièce à peine meublée dont on referma la porte immédiatement. Il découvrit alors la source des aboiements : une des parois de la pièce était fermée par une grille. De l'autre côté de celle-ci, se trouvait une sorte de chenil où se trouvaient cinq monstres. Des chiens énormes avec une particularité étonnante : ils avaient tous la queue et les oreilles coupées…

Des bêtes qui devaient peser chacune soixante-dix kilos… Les chiens tournaient, grondaient, prêts à attaquer… Malko se dit que sans la grille, ils se seraient jetés sur lui pour le déchiqueter. Il s'assit sur un banc. Assourdi par les aboiements, il essaya de garder son calme. On lui avait dit avoir rendez-vous avec le ministre de l'Intérieur, pas avec des molosses.

Ce n'était pas rassurant.

***

Warren Luffet essaya pour la dixième fois le portable de Malko. Il passait automatiquement sur un disque annonçant qu'il n'était pas joignable… Inquiet, il essaya le Serena et demanda à parler à un de ceux qui le renseignaient. Dès qu'il eut prononcé le nom de Malko Linge, l'Afghan baissa la voix.

– Des policiers du ministère de l'Intérieur sont venus le chercher tout à l'heure. Ils m'ont demandé où il se trouvait.

L'Américain sentit son sang se glacer.

– Merci, dit-il sèchement.

Trois minutes plus tard, il appelait, ès qualité, son contact au ministère de l'Intérieur.

Une demi-heure plus tard, après avoir tempêté au téléphone, remué ciel et terre, il avait une certitude : aucun service de sécurité n'avait officiellement arrêté Malko. Ce n'était pas la première fois que des faux policiers agissaient au su et au vu de tous. C'était même une coutume afghane.

Il n'y avait plus que deux choses à faire.

D'abord, il expédia un message à Langley, annonçant la disparition de Malko. Ensuite, il appela le cabinet de Hamid Karzai l'avertissant des faits et l'informant de son inquiétude, soulignant qu'il tenait le gouvernement afghan responsable du sort de Malko. C'était de la gesticulation, mais cela valait mieux que rien. Ce qui n'enlevait rien à son angoisse.

Qui avait enlevé Malko et pourquoi ?

***

La journée s'était écoulée lentement, ponctuée par les aboiements des chiens. À en devenir fou.

La porte coulissa brusquement sur un garde, la kalach à la main, qui fit signe à Malko de le suivre. Trop heureux d'échapper aux aboiements des chiens, il s'empressa d'obéir. L'Afghan lui désigna de la main un long couloir et ils débouchèrent dans une pièce pleine de tapis, de coussins, de sièges dorés, des brûloirs d'encens, dans tous les coins.

Au fond se trouvait, enfoncé dans un profond fauteuil, un gros homme en *camiz charouar*, le visage adipeux, des yeux proéminents, une épaisse moustache qui retombait des deux côtés de sa bouche. Il fumait un cigare et une bouteille de whisky était posée sur un guéridon avec un verre, à côté de lui. Il examina Malko d'un regard froid et, d'un geste, lui fit signe de s'asseoir sur un fauteuil plus modeste, en face de lui.

Il tira une bouffée de son cigare, souffla la fumée et lança :

– Vous devez vous demander pourquoi vous êtes là ?

Son anglais était rocailleux mais compréhensible…

– Effectivement, répondit Malko, on m'avait annoncé que j'étais convoqué chez le ministre de l'Intérieur…

Le gros homme éclata d'un rire homérique.

– Il ne sait même pas que vous êtes ici. D'ailleurs, personne ne le sait. Sauf, évidemment ceux qui vous ont amené, mais qui ne sont pas des policiers : ce sont des hommes à moi. Et, bien sûr, celui qui m'a demandé de le faire. Un ami très puissant à qui je ne peux rien refuser.

– Pourquoi suis-je ici ? demanda Malko.

Le gros homme sourit.

– On m'a demandé un service. Quelqu'un à qui je ne peux pas dire non…

– Quel service ?

– De se débarrasser de vous. Discrètement. Parce qu'il sait que j'en ai les moyens.

– Quels moyens ?

– Je crois que vous avez fait la connaissance de mes chiens… Ils sont très beaux, n'est-ce pas ? Ce sont des *kuchi*, des chiens de combat. Ils pèsent près de soixante-dix kilos chacun et sont féroces. Ceux-là ont gagné plusieurs combats cette année. J'ai payé l'un d'eux quinze mille dollars… Maintenant, avec le *Norouz*, la saison est terminée : ils se reposent. Seulement, il faut les nourrir. Ils ont besoin, chacun, de plusieurs kilos de viande par jour… Sinon, ils dépérissent.

« En ce moment, ils commencent à avoir faim…

« Si j'ouvre la grille qui les sépare de la pièce où vous vous trouvez, ils vous déchiquetteront en quelques minutes. À la fin de la journée, il ne restera rien de vous... Voilà ce qu'on m'a demandé de faire. Je crois que vous avez causé du tort à un ami très cher. Il faut payer.

« Je voulais vous avertir…

Il se tut, tira une bouffée de son cigare, observant Malko, les yeux mi-clos.

En dépit de son ton mesuré, Malko sentait parfaitement qu'il parlait sérieusement… Un temps assez long s'écoula. Dans un coin de la pièce, l'homme à la kalach s'était accroupi sur un tapis, accroché à son arme.

– Vous ne craignez pas d'avoir des ennuis? demanda Malko.

Là, le gros homme rit franchement.

– *No problem*! Vous n'êtes pas le premier à être passé par cette pièce.

– Vous savez que j'appartiens à la CIA, avança Malko. Ce sont des gens qui ont le sens de la vengeance.

Le gros homme haussa les épaules.

– Nous sommes en Afghanistan... Ici, on ne peut rien contre moi. Voilà, je voulais faire votre connaissance et prendre congé de vous...

Malko demeura muet. Que dire? Le gros homme n'était pas du genre à se laisser attendrir. Le silence se prolongea, rompu par le propriétaire des *Kuchi*.

– Vous avez envie de mourir?

Malko lui adressa un regard froid.

– Personne, sauf les fous d'Allah, n'a envie de mourir. Pourquoi?

– J'ai une proposition à vous faire pour sauver votre peau.

– Je croyais que vous aviez une obligation, dit Malko, se méfiant des mauvaises surprises.

Le gros homme eut un geste évasif.

– On peut toujours s'arranger. Je vais vous expliquer mon problème. Vous connaissez la DEA ? [1]

– Oui, bien sûr.

– Ils ne m'aiment pas. Ils prétendent que j'ai exporté plusieurs tonnes d'héroïne aux États-Unis. Aussi, ils

1. Drug Enforcement Administration Services des Narcotiques U.S.

m'ont mis sur une liste rouge. Si je mets les pieds hors d'Afghanistan, il y a un mandat d'Interpol à mon nom. Je serai immédiatement arrêté et transféré aux États-Unis où je risque de finir mes jours.

Il eut un soupir ennuyé.

– Cela me gêne, j'aime beaucoup voyager… Si vous pouviez faire lever cette interdiction, je crois que vous pourriez sortir d'ici en un seul morceau…

« Qu'en pensez-vous ?

Un espoir fou avait envahi Malko. Il le dissimula.

– Il est évident que je ne suis pas à même de résoudre ce problème seul. Mais je peux en parler au responsable de la CIA à Kaboul. Il faudrait déjà que j'ai votre nom…

– Farhad Naibkhel.

– Comment puis-je faire ?

Le gros homme prit un portable dans la poche de son gilet et le tendit à Malko.

– Appelez qui vous voulez ! Mais, je vous préviens, si quelqu'un essayait de vous délivrer, vous seriez mis en pièce par les chiens avant même qu'il ait monté le perron.

« Autre chose : je veux une réponse sous trois jours. Pas des mots : un document. Sinon, je serai obligé de rendre service à mon ami.

CHAPITRE XXVI

– Vous êtes chez Farhad Naibkhel ? demanda Dale Weles, le responsable de la DEA à Kaboul, d'un ton incrédule.

– Absolument, confirma Malko, il est même en face de moi. Vous voulez lui parler ?

– Surtout pas ! éructa l'Américain. La Cour du *Southern District* de New-York a un « *indictement* »[1] contre lui, prononcé par un grand jury pour importation illégale d'héroïne aux États-Unis. C'est un des pires *drug lords* de ce pays. Il était associé avec le demi-frère de Hamid Karzai qui a été assassiné à Kandahar et contrôlait la production d'héroïne là-bas. Il y a un mois, il a encore exporté, via un avion de la Kam Air, 850 kilos d'héroïne sur Douchanbé.

– Quel est son statut juridique ? demanda Malko.

– Il a un mandat international au cul. S'il met les pieds hors d'Afghanistan, il sera arrêté et extradé vers les États-Unis.

– OK, conclut Malko, repassez-moi Warren Muffet !

1. Acte d'accusation

Depuis deux heures, il avait engagé un dialogue avec la CIA et l'ambassade américaine. Il avait d'abord fallu que le chef de Station de la CIA mette la main sur Dale Weles, qui se trouvait à l'ambassade, après que Malko lui eut expliqué sa situation. La première réaction de l'Américain avait été brutale.

– Donnez-moi une heure ! dit-il à Malko et je vous envoie une *Task Force*. On ne dit rien aux Afghans et on prend cette maison d'assaut. Ce n'est pas quelques pouilleux avec des kalachs qui vont arrêter nos « *marines* ».

Malko l'avait calmé.

– C'est pas la chose à faire. Quand vous envahirez la maison, j'aurai été dévoré par les chiens. Il faut négocier. Si on peut.

Warren Muffet reprit le dialogue.

– Dale Weles est parti ? demanda Malko.

– Oui.

– Vous pensez qu'on peut négocier avec lui ?

– Non. Farhad Naibkhel fait partie des *drug lords* qu'ils veulent neutraliser à tout prix. Ils viennent d'en arrêter un du même calibre, en Guinée-Bissau, en l'attirant hors des eaux territoriales. Il est parti pour un minimum de quarante ans de pénitencier…

« D'ailleurs, Dale Weles n'en a pas le pouvoir.

– Je m'en doute, confirma Malko. Il faut taper plus haut.

– Ça va être difficile, fit l'Américain.

– C'est ma peau qui est en jeu, rappela Malko. Il faut d'abord alerter Clayton Luger et ensuite, John

Mulligan. La solution ne peut venir que de la Maison Blanche…

– Vous êtes sûr que vous ne voulez pas qu'on agisse ici ? insista Warren Muffet.

– Certain, dit Malko. Ce serait me condamner à une mort atroce.

– *My God*, fit l'Américain, c'est la dernière chose que nous voulons… J'appelle tout de suite Langley. Quel est le deal ?

– La DEA lève le mandat d'arrêt international pour que Farhad Naibkhel puisse voyager. Il faudra fournir une preuve écrite.

– C'est facile, il suffit qu'il contacte Interpol, précisa l'Américain. OK. Essayez de tenir le coup !

Quand Malko tendit le portable au *drug lord*, ce dernier lui adressa un sourire ironique.

– Vous avez été convaincant. C'est bien. Espérons qu'ils tiennent à vous… On va manger quelque chose…

Pendant que Malko téléphonait, un serviteur avait apporté un énorme plateau de cuivre couvert de plats divers et de bouteilles de soda et d'eau minérale. Ils s'installèrent par terre. Malko mourait de faim, n'ayant rien mangé depuis le matin. Farhad Naibkhel prit un morceau de mouton qu'il trempa dans une sauce piquante et remarqua :

– Moi, je n'ai rien contre vous. J'aimerais qu'on fasse ce deal.

« Cela fait deux ans que je n'ai pas pu mettre les

pieds hors d'Afghanistan. Et, pour vous, ce serait mieux aussi.

Ce devait être de l'humour afghan…

Vingt minutes plus tard, le *drug lord* retourna à son fauteuil et lança quelques mots à un de ses gardes du corps. Malko se leva de lui-même. À quoi bon résister ?

À peine entrait-il dans sa « chambre » que les chiens se remettaient à aboyer furieusement.

À vous démolir les nerfs.

Il se roula en boule sur la couchette et essaya de ne pas entendre les horribles aboiements. Priant pour que John Mulligan ne le laisse pas tomber.

***

C'était la fin de la seconde journée. La porte s'ouvrit à nouveau sur l'Afghan en haillons, qui fit signe à Malko de le suivre.

Farhad Naibkhel était dans le même fauteuil que la veille. Il lança à Malko :

– On n'a plus beaucoup de temps. Pour avoir la paix, j'ai dit à mes amis que votre sort avait été réglé… Si rien ne se passe, vous savez ce qui va arriver…

– Donnez-moi votre portable !, dit Malko.

Cinq minutes plus tard, il avait Warren Muffet en ligne.

– Vous avez du nouveau ? demanda Malko.

– Pas encore. J'ai transmis.

– Rappelez-les ! Il reste vingt-quatre heures. Je vous téléphone dans une heure.

***

John Mulligan, le *Special Advisor for Security* de la Maison Blanche, décrocha sa ligne bleue.

– Vous avez David Hoffman en ligne, *sir*, annonça sa secrétaire.

Le patron de la DEA. Les deux hommes se connaissaient vaguement. Ils sacrifièrent rapidement aux banalités d'usage puis John Mulligan attaqua :

– Avez-vous donné des instructions à Interpol ?

– Oui, mais ils traînent des pieds. Ils ne comprennent pas.

John Mulligan explosa.

– Il s'agit de la vie d'un homme, d'un de nos meilleurs agents.

« Ils obéissent un point c'est tout ! Vous retirez votre *indictement*. Il ne reste que quelques heures. Interpol doit rayer Farhad Naibkhel de sa liste. Je compte absolument sur vous. C'est la volonté du président.

– Si la presse apprend que nous rendons la liberté de circuler à une ordure comme ce type, objecta David Hoffman, cela va faire un scandale inouï...

– *Bullshit* ! lança John Mulligan. La vie d'un homme passe avant les réactions de la presse.

– Je rappelle Lyon, en France, promit David Hoffman, mais je refuse de lever le mandat *national*.

« S'il met les pieds aux États-Unis il sera immédiatement interpellé.

– Je ne pense pas qu'il ait envie de venir chez nous, trancha John Mulligan, avant de raccrocher.

***

– Ce sera fait demain ! annonça Warren Muffet à Malko. Je viens d'avoir un message de la Maison Blanche.

– Comment le savoir ? demanda Malko.

– Il suffit de vérifier avec Interpol, de taper le fichier des gens recherchés. Évidemment, Farhad Naibkhel demeure interdit de séjour aux États-Unis.

Malko coupa et tendit l'appareil au *drug lord*.

– La DEA est d'accord ! dit-il.

L'Afghan eut un cri du cœur.

– Je vais pouvoir aller à Dubaï.

Il avait des ambitions modestes…

– Je pense, dit Malko. Il faut dès demain matin, vérifier sur Internet le site d'Interpol.

– On va fêter ça, proposa le *drug lord*, j'ai fait préparer un *palau* exquis…

Malko arriva à manger en se forçant. Mais quand il regagna sa « chambre », les aboiements stridents l'agressèrent de nouveau. Il fallut aux *kuchi* une heure pour se calmer.

***

Malko entendit la porte coulisser. Aussitôt, les chiens recommencèrent à aboyer comme des fous. L'Afghan à la kalach lui fit signe de sortir et il fuit le vacarme. Sa montre indiquait 10 heures du matin.

Cette fois, Farhad Naibkhel l'accueillit debout près de son bureau, l'air furieux.

– Il n'y a rien sur le site d'Interpol ! dit-il. Vous avez bidonné et vous allez le payer cher !

Malko sentit sa colonne vertébrale geler.

– J'ai la parole de la Maison Blanche, dit-il. Je vous l'ai dit hier.

– Je suis toujours sur la liste Interpol, répéta le *drug lord*. Si j'y suis encore à six heures, vous servirez de dîner à mes *kuchi*. On ne peut pas croire les infidèles.

Malko pensa soudain à quelque chose.

– En France, à Lyon, dit-il, il n'est que 4 heures du matin. Il y a le décalage horaire.

L'Afghan le renvoya d'un geste sec.

– Retournez là-bas !

***

Malko regardait les aiguilles de sa montre : cinq heures et demie. Il lui restait une demi-heure à vivre...

Soudain, il entendit la porte coulisser et les chiens se déchaînèrent. L'Afghan lui fit signe. C'était quitte ou double... En arrivant dans le bureau de Farhad

Naibkhel, il vit le visage souriant du trafiquant et sut qu'il était sauvé.

Du coup, Farhad Naibkhel l'étreignit, hilare.

– Je vais passer le prochain week-end à Dubaï ! lança-t-il. Vous pouvez quitter cette maison quand vous voulez, mais les Afghans ne doivent rien savoir. Donc, prenez un circuit américain et ne revenez jamais en Afghanistan !

– Tenez, voilà votre portable !

À peine l'eut-il en main que Malko appela Warren Muffet.

– Venez me chercher ! dit-il. Vite !

– Je suis là, le temps d'arriver, assura le chef de Station de la CIA.

– Je peux rester dans cette pièce ? demanda Malko quand il eut raccroché.

Il ne pouvait plus supporter les aboiements des chiens…

– Vous êtes mon hôte, assura Farhad Naibkhel. Faites ce que vous voulez !

***

Un des gardes entra dans la pièce et dit quelques mots à Farhad Naibkhel. Celui-ci se tourna vers Malko.

– Vos amis sont là…

Malko était déjà dans le couloir. Trois Land Cruiser blanches étaient garées devant la maison. Lorsqu'il descendit le perron, Warren Muffet émergea de la première et vint l'étreindre.

– Nous filons directement à Bagram ! annonça-t-il. Je n'ai prévenu personne chez les Afghans. Vous décollerez dans deux heures.

Malko monta à côté de lui dans la première Land Cruiser. Il ne fut vraiment tranquille que lorsque la maison fut hors de vue ; il avait encore les horribles aboiements dans les oreilles et se jura de ne jamais posséder un chien…

C'est quand ils abordèrent la route du Salang que Warren Muffet annonça :

– J'ai de bonnes nouvelles pour vous.

– Lesquelles ?

– Le consul d'Afrique du Sud a pris langue avec le NDS et mis la pression maxima. Ils vont relâcher Maureen Kieffer, qui est expulsée du pays. Elle va retourner en Afrique du Sud.

– Merci, mon Dieu ! fit Malko.

Au moins il partirait d'Afghanistan l'âme en paix. Tout en montant les lacets du col, il se dit que, bizarrement, il allait regretter ce pays fou et féroce où il avait manqué terminer sous les crocs des *kuchi* de Farhad Naibkhel.

Avez-vous lu le nouveau SAS ?
Avril 2013

Impression réalisée par

BRODARD & TAUPIN

à La Flèche (Sarthe), le 24-05-2013

Édition : Anne Martinetti
Mise en pages : Firmin-Didot

N° d'impression : 73127
Dépôt légal : avril 2013
Imprimé en France